Do começo ao fim

MARCELO RUBENS PAIVA

Do começo ao fim

Copyright © 2022 by Marcelo Rubens Paiva

Grafia atualizada segundo o Acordo Ortográfico da Língua Portuguesa de 1990, que entrou em vigor no Brasil em 2009.

Capa
Alceu Chiesorin Nunes

Preparação
Leny Cordeiro

Revisão
Bonie Santos
Adriana Bairrada

Os personagens e as situações desta obra são reais apenas no universo da ficção; não se referem a pessoas e fatos concretos, e não emitem opinião sobre eles.

Dados Internacionais de Catalogação na Publicação (CIP)
(Câmara Brasileira do Livro, SP, Brasil)

    Paiva, Marcelo Rubens
        Do começo ao fim / Marcelo Rubens Paiva. — 1ª ed.
    — Rio de Janeiro : Alfaguara, 2022.

        ISBN 978-85-5652-145-3

        1. Romance brasileiro I. Título.

22-115075   CDD-B869.3

Índice para catálogo sistemático:
1. Romance : Literatura brasileira   B869.3
Aline Graziele Benitez – Bibliotecária – CRB-1/3129

[2022]
Todos os direitos desta edição reservados à
EDITORA SCHWARCZ S.A.
Praça Floriano, 19, sala 3001 — Cinelândia
20031-050 — Rio de Janeiro — RJ
Telefone: (21) 3993-7510
www.companhiadasletras.com.br
www.blogdacompanhia.com.br
facebook.com/editora.alfaguara
instagram.com/editora_alfaguara
twitter.com/alfaguara_br

a palavra se dá
entender o dito
é um milagre?
entender é uma escolha.
Natalia Barros

1. Por toda a minha vida

Mocinho,
    É com grande tristeza que comunico a você o falecimento de Karen Borg, a quem chamávamos carinhosamente de Kaká, com quem convivemos em harmonia por anos felizes. Ela nos deixou, mas estará conosco na memória, nas saudades, com sua lição de vida, como a grande mulher que foi. Agradecemos a todos aqueles que compareceram ao velório, ao enterro e à missa de sétimo dia. Que a paz se faça presente.
L.

Esta é uma história de amor, cujo final não é feliz nem triste. Como muitas histórias verdadeiras de amor e de amor verdadeiro, esta é mais uma que acabou em aberto, como um filme francês.
    Meu coração disparou quando entrei na primeira aula de francês e ela me convidou indiretamente para me sentar do seu lado, ao tirar a bolsa de cima da carteira vizinha. Tínhamos dezoito anos. Tomei um susto ao vê-la na empoeirada sala do Instituto de Estudos da Linguagem com roupa de grife, unhas bem pintadas, pele bem tratada, o cabelo mais cuidado do campus, botas combinando com a bolsa e cinto, numa das cadeiras escolares mais rabiscadas, bambas, caindo aos pedaços, depredadas de toda a universidade, do departamento que não

tinha papel-toalha nem higiênico há meses, cujos banheiros não eram limpos há dias, cuja copiadora tinha quebrado há semanas, e as paredes não eram pintadas há anos. Saímos da ditadura. Ela fez a verba do ensino público se evaporar. Os estragos eram infindáveis.

O sol entrava pela janela, realçando os olhos esverdeados que brilhavam com a luz da manhã mesclada com as poucas lâmpadas brancas de mercúrio que funcionavam no teto. Olhos como os meus, que me queimaram assim que entrei. Ela sempre me olhava no fundo da íris, escaneava meus pensamentos. Por vezes, me olhava de cima a baixo, me lambuzava, sedução que me prendia como um anzol.

Falávamos um francês autodidata: eu, por conta de filmes e músicas, ela, por conta da *Vogue* francesa, segundo disse, incomparavelmente melhor do que as outras. Rimos da nossa gramática tosca, falta de vocabulário, sotaque truncado, tudo errado.

No final, nos despedimos formalmente e fui para o ponto de ônibus. Fechava os olhos e respirava fundo, para sair do estado de encantamento. Nunca uma mulher me afetou daquele jeito. Não tem explicação. Elegância? Aparência? Olhar flamejante? Sorriso, autoconfiança, cabelos, cheiro? Reprisava a solicitação, ou melhor, a indireta, me convidar para sentar do lado, assim que apareci na porta. Ela me viu, foi com a cara, tirou a bolsa da carteira vizinha como se dissesse é aqui que você tem que ficar, precisa ficar, eu preciso, você precisa, porque será intenso, não uma aventura, mas uma descoberta.

No ônibus, me perguntei o que acabou de acontecer, por que hoje parece melhor do que ontem, que magia me jogaram? Enquanto pegava a saída da universidade, eu via seu rosto refletido na janela, via seu reflexo sobre a paisagem, a vista, o campo, o distrito. Por que me cativou? Porque não se encaixava em estereótipos.

Esta é uma história em que pergunto se existe uma segunda chance no amor. Mas a forma como me lembro de algo não é a mesma que outros se lembram. O jeito como vejo não é como outros veem. Se escrevo o que acredito ser a verdade, foi o que me aconteceu, ou ao menos é a impressão que aquele fato deixou. É real para mim, pode ser completamente irreal para outro, que presenciou o mesmo instante. Cada um vê e recorda à sua maneira, e o tempo modifica as versões. A vida é baseada em fatos reais. Como o amor.

Vim do Rio morar em São Paulo aos quinze anos, para fazer o colegial. Me desenharam um futuro parecido com o passado dos meus pais: namorar a garota da faculdade, me casar, ter filhos, patrimônio, profissão, netos e um jazigo com nossos retratos. Alguns dos meus amigos irão cumprir a missão.

Eu queria contestar e ir para a escola progressista do bairro, aquela em que alguns alunos com cara de que perderam o rumo no Rock in Rio ficavam jogados conversando na calçada, e quando se formavam viravam roqueiros, cineastas, atrizes e atores, produtores de teatro, publicitários, filósofos, tatuadores e, os mais empreendedores, chefs de cozinha. Minha família me matriculou na escola conservadora tradicional dos ricos, para ter um futuro promissor. Em outro bairro. Me deram bolsa. Era uma grande oportunidade: de aprender, sim, de ser infeliz, provavelmente, de ser invisível, possivelmente, de me revoltar, certamente.

A escola era tão fora de mão que não tinha ônibus direto. Primeiro problema: chegar às 5h30 no terminal na praça das Bandeiras debaixo de chuva, garoa ou frio. Depois, tinha que trocar de ônibus na avenida Rebouças. Dentro, ficava uma hora em pé espremido. Nas primeiras semanas de aula, em que o sino tocava pontualmente às 7h10, eu entrava ainda sonado e dormia com a cabeça apoiada no tampão da cadeira, no meio da sala, geralmente atrás do maior cara, de apelido Turco. Ele não só era enorme como tinha um enorme rosto, queixo, nariz, sorriso e um cabelo alto, encaracolado, que não cortava há anos. A raiva que alimentou tanto rancor é que a escola alternativa era na minha rua.

Me juntei ao grupo conhecido como "comunistas", outros ignorados, bolsistas e impopulares, que também utilizavam o transporte público, enquanto a maioria dos colegas tinha motoristas ou mães do lar. Nós, os comunas, éramos desprezados na proporção em que desprezávamos. Esse desprezo era o que nos unia. No fundo, acredito que invejávamos na proporção em que éramos invejados, já que o adolescente não quer nunca ser como é. A maioria dos colegas eram muito ricos, mas muito ricos, inacreditavelmente ricos, desproporcionalmente ricos, alguns iam com seguranças e escoltas armadas, o que dava pena. Pareciam reféns de roubos e sequestros em potencial, certamente em planejamento pelo crime organizado, por ex-funcionários ou lobos solitários. Eram reféns da própria riqueza. Tirando funcionários, seguranças, o professor de física e o de história, não tinha negros na escola.

Ali estavam tataranetos de donos de escravizados, netos, filhos e filhas da nata da elite brasileira que no passado apoiou golpes de Estado, sustentou ditaduras, elegeu populistas dóceis com o mercado, incentivou a eliminação de adversários políticos, fez esquemas e complôs para perdurar no posto de privilégio às custas da miséria da maioria, mesmo que seus fantoches no poder desorganizassem a economia com pelourinhos, moratória, inflação, calotes e uma indecente dívida interna e externa, elite que sonega, corrompe, sustenta partidos, não paga impostos, monta offshores em paraísos fiscais, financia capitães do mato, esquadrões de morte, milícias, matadores de aluguel, desqualifica movimentos sociais, seres cuja moral é contestada e que mantêm o país no atraso, sob regras de um sistema chamado por alguns de capitalismo.

 Generalizei. Ali estava também a molecada contestadora, inclusive filhos de banqueiros e industriais progressistas, o bom burguês, e nem todos apoiavam os pais. Eram filhos e filhas que não escolheram em que berço nascer, não tinham culpa de nada e se aproximaram de nós, os comunistas. Se vestiam como nós, debatiam como nós. Eram apenas os filhos e filhas matriculados na escola de ricos. Alguns desses colegas, quando se formaram, viraram presidentes de banco, jornalistas da grande imprensa, ceos, donos de franquias da indústria alimentícia, médicos, advogados, engenheiros, psicólogos, economistas e, os mais artistas, donos de produtoras de cinema. A filha de um industrial virou artista plástica, e outra, escritora premiada. A de um banqueiro ajudou a montar uma organização de trabalhadores sem-teto e atua em ocupações de prédios vazios no centro.

 Nos tacharam de comunistas, mas não éramos comunistas. Éramos de esquerda. Ou melhor, ficamos. Professores mais carismáticos eram de esquerda, contradição que na época não incomodava pais e mães do "sistema" (usávamos muito as palavras sociedade e sistema para designar o todo, especialmente a opressão), não arranhava suas relações com a escola tradicional. Achavam exótico terem professores marxistas ensinando seus filhos.

 Tinha uma intolerância étnica que era uma novidade para mim. Turco era um apelido impreciso, pois ele não era turco, mas descendente de sírio-libanês. Um descendente de coreano ganhou imprecisamente o apelido de Japa. Uma garota discriminada também ganhou estranhamente o apelido Shalom. Garota extremamente simpática e atraente, mas muitos a evitavam. Algo que só vi em São Paulo, naquela escola, com aquela gente. Ela ficou minha amiga e veio para a turma dos excluídos. Eu não entendia como pessoas daquelas, maioria cristã, poderiam ser tão excludentes, fazer tanto bullying, e estranhamente tinha uma porcentagem não desprezível de alunos judeus, descendentes de coreanos, chineses, sírio-libaneses. O mais estúpido é que se descobriu no último ano que a garota não era judia, apenas usava uma estrela de Davi pois achava bonita. Foi nessa escola que aprendi e presenciei o preconceito da elite paulistana da forma mais estrutural. A maioria era chamada pelo sobrenome. Mas alguns tinham apelidos pejorativos: Baixinho, Gordo, Bidu, Terremoto, Furacão, Problema, Dúvida, Cara de Cavalo, Lixa de Unha, Baleia Assassina. Eu era tão insignificante que nem se deram ao trabalho de me apelidar. Me chamavam pelo sobrenome, aqueles que repararam em mim.

    A presença de uma pessoa que se escora noutra é da natureza humana. Com um assustador vazio existencial, procuramos observar no outro, no que ele possui, no que aparenta, uma forma de saber quem somos, como nos sentirmos plenos. Tudo que era do contra era comunista: ir de busão, usar tênis gasto, roupa velha, bolsa de couro, óculos escuros, cabelos soltos, estrela de Davi, batas sem sutiã, até se sentar no gramado e tocar violão. Quem era diferente era comunista. Garotas foram proibidas de usar saia-acima-do-joelho. Garotos não entravam se a bermuda não estivesse no nível do joelho. O desejo sexual sempre está na pauta do pensamento conservador.

    Aqueles e aquelas ignorados comunas ficavam (ficávamos) nos intervalos numa saleta entulhada chamada CA, Centro Acadêmico, ou "centrinho", que imprimia o jornal da escola que ninguém lia, apenas o diretor e o professor de literatura. Líamos de tudo, escrevíamos sobre tudo, o tempo todo, debatíamos tudo nos bancos, chão, gramados. Não sei se ler muito me fez bem. Para sermos alguém, precisamos tomar conhecimento do outro, como no mecanismo do desejo mimético: desejo que surge na intermediação do que o outro é e deseja. Shalom agregou muitas rebeldes entre nós. Elas falavam palavrão, mal da depilação, do sistema, e instituíram um GTD, Grupo Tático de Debates, em que discutiam Estado laico, sociedade patriarcal, tabu do sexo, contracepção, direito ao aborto, casamento gay, liberação da maconha, racismo. Logo organizou-se um protesto contra a interferência autoritária da altura das saias. A proibição de ser acima do joelho caiu. Se existia em curso uma luta contra a dominação masculina, nós ficávamos dominados e hipnotizados por tanta ousadia: garotas numa escola daquelas contestando tabus do cristianismo e da opressão. Fazíamos um esforço tremendo para que aquela admiração não se transformasse em objeto de desejo ou fantasias sexuais. Curiosamente, com o passar do tempo, nossas amigas comunas passaram a ser canonizadas e logicamente cortejadas por estudantes mais velhos e até professores e assistentes.

Na escola, encontramos no existencialismo explicações e consolo para a falta de explicação à nossa existência e, vingança, à existência dos outros. A falta de limite e tamanha liberdade nos angustia, dá náuseas. Diria o filósofo, o inferno são eles, os outros. Nem botávamos fé no comunismo. Sabíamos que não se chega à utopia com uma ditadura, mesmo uma do proletariado, nem com gulags, censura, cortinas de ferro eletrificadas e falta de liberdade de imprensa. Dos quinze aos dezoito anos lemos filósofos e feministas franceses, filósofos niilistas, católicos, marxistas, historiadores marxistas, escritores russos, vimos com professores de português, filosofia e história filmes franceses e italianos no Cine Bijou, no centro da cidade, a duas quadras da minha casa, e num cineclube amador no auditório da FGV, cujo projetor de 16 milímetros ficava no meio da sala e por vezes pifava: queimava a lâmpada, ou o acetato da película pegava fogo, ou era engolido pelo projetor. Era optativo. Nos encontrávamos na bilheteria, fora do horário escolar. Catherine Deneuve apareceu seminua em *A bela da tarde* e não teve queixa de pais conservadores sobre a pornografia de Buñuel, que aliás era comunista de verdade.

Tudo o que se conhece da cultura humana é imitação. Mimetismo é como nos transformamos em algo mais forte, para não virarmos presa. Tudo do comportamento humano é aprendido na base da imitação. Se pararmos de imitar, a cultura some. Nosso cérebro é uma enorme máquina de registros de imitações. Na escola, elas se intensificam. Estávamos nos anos 1980, e nós, comunas, passamos a usar gola rulê, cabelos desalinhados, ensebados, como estudantes franceses dos anos 1960. Nos rendíamos à música francesa:

Je vais, je vais et je viens, entre tes reins…

Sem chance de sermos populares na escola, em cujas festinhas dançavam B-52 e A-ha:

Take on me,
Take me on

A música que dançavam era como todos nós nos sentíamos: me dê uma chance, me aceite…

Certa vez, vi um passageiro esperar no ponto da Rebouças até que acendeu o cigarro, mas seu ônibus chegou. Tragou e apagou com raiva.

— Sempre assim, é só acender que ele chega! — reclamou.
Por conta disso, filei cigarros no ponto. Se o meu atrasasse, eu acendia um. Nem sempre funcionava. Começamos a fumar, uma defesa contra as amarras da infantilidade. Cigarro que tentava nos tirar da trilha e empurrar de vez à excêntrica puberdade. Buscávamos aliança e conforto na nicotina, para adquirir o fedor e a brutalidade do universo adulto, a tosse e o pigarro de uma pessoa mais velha. Surgiram cartelas de Gitanes Filtre, com dez maços, que foram democraticamente divididos, compradas em tabacarias do centro. Acendíamos um cigarro com um isqueiro zippo que abre e fecha abre e fecha abre e fecha, eventualmente recarregado com gás comprado na padaria ou banca de jornal. O zippo foi criado durante a guerra. Não apagava com sopro nem com vento, só fechando. Era inquebrável, útil para acender pavios, botar fogo em celeiros dos inimigos e casebres na selva. Ainda hoje, se falhar, o fabricante substitui. Estávamos em guerra com baixa autoestima.

Nas festas, suávamos com boinas na testa e fortes Gitanes na boca, abrindo e fechando isqueiros, com a expressão de entediados, ignorando garotas e garotos que dançavam INXS, Madonna. Fumar era coisa de comunista. A vida não tem sentido, sinto náusea pela existência, as verdades estão despedaçadas, não tem luz no fim do túnel. Se não sabemos por que vivemos, qual a finalidade de tudo?

Estávamos lendo demais. Estávamos estressados e sentíamos náusea também pelo cigarro e pelas bebidas que tomávamos, roubadas das adegas dos pais. Estávamos em alerta máximo. Vivíamos o pessimismo defensivo, com medo de que fôssemos flagrados. Internalizávamos críticas pesadas contra nós mesmos, sentíamos necessidade de nos esforçar mais, em excesso, mais que os outros, já que poderiam nos desmascarar: olhe, um fracassado. É a síndrome do impostor. Um dos sintomas é a autossabotagem, medo de se expor, fugir nos momentos de ser avaliado, querer agradar a todos. É uma desordem psicológica. Não chega a ser uma doença mental. Adolescência é um período de muita crueldade.

No último ano do colegial, mergulhei no projeto vestibular, o que era bom para dar um tempo nas questões pessoais de baixa autoestima. Porém, justamente nesse período tão decisivo, garotas mais novas, do primeiro e segundo ano, passaram a interagir conosco, os comunistas, passaram a nos convidar para festas com seguranças na porta em mansões no Morumbi, Cidade Jardim, Alto de Pinheiros, aonde íamos apertados num táxi que rachávamos. Passaram a nos convidar para nos sentarmos com elas em sofás. Passaram a, milagre!, nos disputar. Passamos a ser considerados exóticos, diferentes, interessantes, cheios de ideias. Nos puxaram para o ritual de corte medieval chamado dançar-colado-música-lenta em salões escuros. Filaram cigarros fedorentos, perguntaram coisas, disputaram nossa atenção. Nos ofereceram, no navio que afundava, um espaço no bote de sobreviventes, em busca de prazeres em praias paradisíacas. Experimentamos perfumes, texturas inéditas, doces, suaves: as peles mais bem tratadas da juventude brasileira. E Depeche Mode.

All I ever wanted
All I ever needed
Is here in my arms
Words are very unnecessary
They can only do harm

Tudo o que eu quero, tudo de que eu preciso, está aqui nos meus braços, palavras nem são necessárias, elas só machucam. Coladinhos, um pra lá e dois pra cá, dançávamos e sentíamos nossos corpos propositalmente esmagados um contra o outro, coxas se enroscando, ventres se roçando, traseiros anatômicos, braços finos adolescentes puxando e empurrando, bocas duras esbarrando sem-querer-querendo, provocando reações no corpo todo.

Com catorze, quinze, dezesseis anos, eles sentiam volumes que surgiam e desapareciam graças a seus movimentos. Quanto poder adquirido. Dependia da posição, da pressão, do suingue, para o tesão aflorar descontrolado no outro. Todos se deslumbravam com o domínio que tinham sobre o corpo do outro. Num vale-tudo, sentíamos mãos acariciando nucas, costas, coxas, esbarrando curiosas no que tínhamos escondido, firme, um foguete prestes a ser lançado. E enfim lábios delicados, desesperados, inexperientes, línguas insanas com gemidos se atracavam, numa luta só com ganhadores.

O tesão de uns pelos outros era assombroso. Só se pensava naquilo. Vi garotos e garotas chorando em dúvida, de culpa ou alegria, com tesão e aflição. Vi garotos e garotas eufóricos, como se tivessem pousado em segurança num planeta, numa tensa viagem de meses. Todas e todos eufóricos e ansiosos para experimentar no que ia dar tudo aquilo. Todos com medo do fracasso, de errarem, para não interromper aquela passagem para outra dimensão da vida. A pegação continuava em quartos, salas dos pais, quintais, cantos escuros, sempre escondidos. Nunca na escola. Jamais! Deixávamos que nos conduzissem. Os limites estavam por conta do outro.

Numa festinha de aniversário a meses do vestibular, com a cabeça atordoada de tanto estudar, fui disputado por três garotas, todas elas crianças crescidas, pequenas protagonistas de contos de fadas, mas já com o corpo de ninfeta provocando um insano inseguro instável inconsequente adolescente. Elas, olhar profundo e picante, que ardia a alma.

A primeira se chamava Juliana, nossos pais se conheciam, já tínhamos conversado em outras ocasiões, eu gostava dela. Nos beijamos muito. Mas me convocaram para ser cobaia de duas outras meninas. Uma delas era a dona da festa, Ana. Seu pai era dono de uma concessionária de carros de luxo. Me lembro de me levarem a um quarto em que Ana estava sentada na cama, casta.

— Ela quer te beijar — disse a amiga que me guiou.

Eu sabia beijar. Uma prima mais velha me ensinou quando eu tinha onze anos, e ela, quinze. Me ensinou a mover a língua para os lados delicadamente, e aos poucos abrir a boca como uma cobra engolindo um sapo. Então a ação da língua se intensificava. Minha prima gemia muito quando nos beijávamos, e achei que gemer era parte do business do beijo na boca. Então ela subia em cima de mim, gemia mais, e dessa parte eu não gostava, ficava sem ar e aflito por seus cabelos se esfregarem no meu rosto. Nessa hora eu me soltava e ia jogar Atari com o irmão dela, meu primo.

O quarto de Ana era um quarto de menina, com jeito de menina, tudo branco como um véu, edredom branco, ela estava de branco, com sorriso branco, a pele branca, os dentes mais brancos que já vi, o rosto pálido coberto por cabelos loiros escorridos e franja. Me sentei ao seu lado. Passei a mão ao redor do ombro, nos beijamos mecanicamente por dois minutos. Eu tinha sido intimado e, como convidado, precisava agradar a anfitriã. Língua pra lá e pra cá, pra cima e pra baixo, girando dentro da boca.

— E então? — ela perguntou.

— Muito bom.

Não tínhamos mais nada a dizer. Voltamos para a festa. Palavras machucam. Palavras são navalhas. Não gostei do cheiro, do beijo, especialmente da falta de assunto. A segunda, Débora, não me intimou, me puxou em segredo, me beijou debaixo de uma mesa de sinuca.

— E então?

Gostei do beijo. Ela gostou também. Mas o perfume dela era muito doce, enjoativo, dominante, como uma pimenta forte num prato delicado. Eu estava bêbado, para vomitar. Saí correndo e me tranquei no banheiro tonto, respirei, vomitei, molhei o rosto, caiu a pressão. Com vergonha, me escondi o resto da festa pelos cantos escuros da biblioteca do pai. Juliana me encontrou. Juliana me trouxe água. Nos sentamos no sofá. Eu a conhecia desde criança, e agora era uma garota. Fiquei interessado em Juliana, que ficou interessada em mim e feliz de, depois de rodar, beijar outros caras, conversarmos juntos até o final da festa. Seu cheiro, tom de voz, olhar e franja me atraíram. Tínhamos assuntos. Nos beijamos mais.

Até...

Um mês depois, nos considerávamos namorados, e Débora namorava meu melhor amigo, Evaldo. Fui de tarde à casa de Juliana no Jardim Europa. Cumprimentei a mãe e fomos ao mezanino, uma espécie de território livre de bagunça dos filhos, espaço privado dela e dos irmãos. Comentei que ela não usava perfumes enjoativos. Ela disse que NÃO usava perfumes nem maquiagem, que era contra cosméticos, cuja indústria abusava de animais, era contra roupas apertadas, que expunham as formas da mulher. Pedi desculpas por usar uma jaqueta de couro, herança do meu pai. Ela não se incomodava, afinal eu reciclava uma roupa. Mas me falou de couro ecológico.

Nessa escola, as pessoas refletiam sobre tudo, até sobre o exercício da reflexão.

Nos beijando, nos esfregando, numa intimidade que nos deu permissão para avançarmos e soltarmos as mãos. Estávamos vestidos, claro. Ela empurrou a minha mão por debaixo da sua camisa. Foi a primeira vez que senti a maciez de um peito. Minha mão os roçava, e a dela, meu pau. Sua mãe circulava sem disfarçar pela casa, cheia de empregados que também circulavam.

Estávamos deitados num tapete cercado por almofadas, sem desgrudar os lábios, jeans contra jeans, ela não disse não, eu não disse não, ela tinha quinze anos, era a mais charmosa das amigas, com um olhar misterioso, e isso me atraía. Por um instante, meu corpo entrou em transe. Estávamos colados, seus peitos nas minhas mãos, nossas pernas deram um nó, nossos braços nos enlaçaram, nossas línguas se engancharam, nossos corpos conectados, e começamos a movimentar os quadris para a frente, para trás, para cima e para baixo, em total desordem, numa coreografia sem pauta para os lados, eu sem saber o que fazer para me segurar. Ela me agarrou com força. Acabei ejaculando, melecando minha calça. Fiquei ligeiramente confuso, mas não me senti responsabilizado, não fiz nada de errado, nossos amigos também namoravam e se pegavam, alguns já tinham experimentado até o ousado sexo oral, estava na cara que chegaríamos àquilo, fiquei feliz por ter dado um passo. Mas ela começou a chorar. Fiquei desesperado, sem ação.

Por alguma razão, não a abracei ou dei conforto. Por alguma razão, não achei que a culpa era minha, pois se um garoto esfrega e é esfregado daquela maneira por alguém que o atrai, o resultado só poderia ser aquele. Por alguma razão, não perguntei se fiz algo errado, se ela poderia me ensinar. Ela chorou, se recompôs.

— Minha mãe brigou comigo — disse.
Mentira. Foi a desculpa. Palavras magoam. Gestos magoam. Gestos insultam. Envergonhado, fiquei de repente com pressa, inventei um álibi para me mandar. A mãe dela não brigou com ela. Ela chorou por minha causa.
Dias depois, veio a confirmação. Ela me mandou um bilhete.
Não podemos mais namorar. Não me procure. Boa sorte no vestibular.
Por alguma razão, logo de cara, acreditei que não deveria ligar. Por alguma razão, não me perguntei o que estava acontecendo. Por alguma razão, tive a pior das reações, e não se pode justificar pela imaturidade: inseguro, busquei a ferramenta mais próxima, obedeci, não a procurei. Vou para a faculdade e ela continuará casta no colégio. Só tempos depois desconfiei que ela queria me ver, sim. Eu tenho problemas por estar virando homem, e você, mulher. O que posso fazer? Nem sei lidar com isso que está me acontecendo! E cometi o pior dos erros: se ela blefou, esperando eu dar certezas de que ficaríamos juntos mesmo na faculdade, acatei seu pedido. Sim, vou para a faculdade, entrar para o mundo adulto, você continuará protegida no colégio. Por alguma razão, se até hoje me lembro em detalhes, é porque mexeu comigo. Por alguma razão, me arrependo do modo como agi.

Enquanto turmas de outros anos foram para suas fazendas, casas de campo, na montanha ou praia, eu e colegas passávamos férias, fins de semana e feriados na cidade, estudando, fazendo simulados, vestibulares e relaxando em cineclubes. Os filmes que víamos nos angustiavam mais do que a tensão das provas, pois demoliam pactos da geração dos nossos pais.

Víamos nossas mães em *A aventura*, de Antonioni. Some a namorada do cara, ele pega a melhor amiga dela, apesar da resistência, e quando ela se apaixona, o flagra com uma prostituta. Ao final, ele chora, e ela o consola. Como assim? Que tipo de submissão era aquela? Em *A amante*, de Louis Malle, a moça mora no campo, é casada com o dono de um jornal e tem um amante assumido, jogador de polo rico em Paris. Quando todos se juntam na casa do marido, ela fica com um terceiro, um pobretão arqueólogo e divertido, que deu carona pra ela. Abandona tudo, marido, filha, casamento, amante, vida social, foge com o intruso sem rumo depois de uma trepada de tirar o fôlego (deles e nosso). Aliás, transam a noite toda, enquanto marido e amante dormem em outros quartos no fundo do corredor. Ela diz: "Não se resiste à felicidade". Trepam no quarto dela, que dorme separada do marido, e depois na banheira. Vai embora com o pobretão e diz: "Estou com medo, mas não me arrependo de nada". Imagino os casais saindo mudos e calados dos cinemas em 1958. As mulheres se olhando. É possível? A mesma atriz estava em *Jules et Jim*, de Truffaut, cuja tradução do título em português explica tudo: *Uma mulher para dois*. Nossos pais encararam *La dolce vita*, do Fellini: um repórter sensacionalista deixa a noiva deprimida em casa, paparica as celebridades disponíveis em Roma e é levado pela amiga aristocrata casada pra cama, no quarto de uma prostituta. Encararam e enfrentaram questionamentos de filmes em preto e branco, lançados na virada de 1950 para 60, a semente da revolução sexual, a emancipação feminina. Casamentos infelizes acabam. Na minha adolescência, a geração de meus pais, amigos e tios, se separaram de um em um, como um dominó cutucado pela emancipação feminina. Refletiu na minha.

Esses filmes fizeram a cabeça da minha turma. Enquanto colegas lotavam sessões de *Guerra nas estrelas* e ET, a gente, os comunistas, via *A bela da tarde*, em que uma dona de casa frígida começa a se prostituir às tardes num bordel discreto e... adora. Em cores no Cine Bijou.

Na faculdade, descobriríamos juntos o complexo jogo do querer e não poder, ter que esperar, controlar, é cedo, é um processo, requer paciência, etapas, fase 1, 2, 3, 4 e, sobretudo, o limite, o respeito, o que muitos de nós não tínhamos por instinto, éramos ensinados. Descobrimos em sofás, escondidos atrás de cortinas, elevadores, escadas de emergência, em quartos com a porta aberta, uns em cima dos outros, experimentando de tudo, o limite, conceder. Descobriríamos algo familiar nas pessoas daquela idade: medo de engravidar, de doenças, vergonha e culpa! Anos de repressão não seriam reparados com pegação em festinhas de luz apagada ou clássicos do cinema francês e italiano. Pouco a pouco, a virgindade ficaria para trás. A infância, de vez, virava passado. Ou miséria?

Eu e Evaldo fomos estudar na Unicamp. Nosso queixo se ergueu, nossos ombros se abriram, andávamos como dois adultos matriculados numa das mais difíceis e exclusivas universidades do país. A arrogância nos fez crescer anos em semanas. Universitários se sentem uma casta superior. Moramos inicialmente na Residência Estudantil da Unicamp. Tinha sido inaugurada há poucos anos. Cheirava a tinta fresca. Lá, conhecemos estudantes de fora.

Montamos uma república com outros caras gente boa do Instituto de Filosofia e Ciências Humanas, ou IFCH: uma casa térrea barata caindo aos pedaços, comprida, geminada, com um quintal sem grama, uma árvore sem folhas, lá mesmo em

Barão Geraldo, bairro bucólico na saída da Unicamp para Campinas. Por que não tinha vida naquele quintal? Nunca refleti. Devia ser terra tóxica.

Nem reformamos. Depois de mudarmos, descobrimos por que estava barata e sem a necessidade de fiador. Era vizinha a uma lavanderia profissional. Enormes máquinas industriais faziam a casa tremer durante o horário de trabalho. Passávamos o dia na universidade. Mas móveis, quadros, livros e camas ganhavam vida e se mexiam pela casa. Estavam de um jeito quando íamos cedo para a faculdade, de outro na volta.

Na casa, entrávamos por um corredor lateral, por um portãozinho de madeira. Logo na entrada, no corredor externo, ficava a caixa de força com fusíveis antigos à esquerda. Deveriam ser trocados periodicamente. Certa vez, fui trocar um enferrujado, custava a sair, não tinha ferramenta apropriada, usei uma faca. Uni dois polos, PÁ! Um choque me lançou dois metros pra trás, com os cabelos arrepiados. Estava na fase de drogas pesadas, achei uma viagem e toquei a vida. Deixei a casa sem luz até aparecer quem entendia de instalações elétricas: Lívia.

Depois do portão, vinham o corredor externo e a entrada para a sala à esquerda. À direita, o terreno sem vida chamado quintal, com uma árvore desfolhada. Pouquíssimos móveis, como uma tribo nômade; o que éramos.

Num grande quarto de frente pra rua, dormiam Arnaldo Esteves e João Carlos. Só colchões, livros e roupas no chão. Na porta de entrada, sala com um abajur, aparelho de som, discos e sofá. Dentro da casa, à direita, um corredor. No quarto do meio, eu e, claro, Evaldo. Duas camas das mais baratas que compramos juntos no centro de Campinas, mais mesa e caixotes de feira que serviam de estante. Éramos todos de outras cidades, as roupas quase não saíam das malas. Nos primeiros meses, visitávamos a família nos fins de semana para inclusive pegar a mesada apertada.

Vinha a cozinha, toda de lajotas laranja, onde passávamos a maior parte da noite: cozinhando, fumando, bebendo, declamando, tocando, sentados em torno da mesa de fórmica azul. E nos perguntando sobre o sentido da vida. Cozinha leia-se pia, fogão e geladeira, nada mais. O maior luxo da casa era a luminária modernista que minha mãe me deixou levar. Dessas com pedestal.

A área de serviço foi transformada no quarto do Ismael Pessoa, nosso chef de cozinha bigodudo percussionista, que forrou tudo de tapetes. Parecia a tenda de um sheik. Fora da casa, numa pequena edícula, Paulo Renato, um dos homens mais sedutores que conheci. Em nome dele estava o contrato. Era uma espécie de síndico da república. Era dos caras mais carismáticos. Se ele revogasse a lei da gravidade, aceitaríamos. Seria feito reitor da universidade se tivesse se formado e seguido a carreira acadêmica. E sobrevivido aos anos 1980. Paulo Renato namorava a garota mais linda que já vi.

Como a casa ficava na rota de saída e chegada da universidade, em frente à cerca de madeira branca da fazenda Rio das Pedras, de Barão Geraldo, distrito em que fica a Unicamp, cercado por casas, sobras de fazendas de café e bairros bucólicos, virou ponto de encontro e vestiário na ida e na volta de colegas para o campus. Por sinal, o ponto de carona para a universidade e o busão ficavam a poucas quadras.

Muitos se hospedavam conosco. Amigos e amigas que queriam conhecer a Unicamp e, quem sabe, prestar vestibular, como Débora, namorada de Evaldo. Muitos nos invejavam. Ir para a Unicamp era uma forma de se afastar das neuras da família, crescer, ser livre, apesar da dependência financeira. Certa vez, cheguei na república, tinha três meninas de Porto

Alegre acampadas na sala. Amigas de não sei quem, acabaram se mudando depois para Campinas, montaram uma república perto e fizeram Unicamp. Agitaram aquela casa por dias.

As noites começaram a se misturar com as manhãs. Passamos a tirar nota baixa, atrasar trabalhos e repetir o semestre. Poucos se importavam. A potência das drogas aumentava. Entraram cogumelos alucinógenos batidos no liquidificador, que nos primeiros dias era usado só para os molhos de macarrão. Começamos a emagrecer e pirar. Arnaldo Esteves entrou numa onda mais louca, dormia no quintal, às vezes no pasto da fazenda em frente, às vezes numa praça. Ismael se mudou para o quarto de Paulo Renato e começaram a namorar. De vez em quando alguém se mudava provisoriamente para a república, alguém cujo nome, departamento e currículo eu nunca sabia. Tinha um caderno coletivo em que cada um escrevia um trecho de qualquer coisa, de frase, pensamentos, casos, desenhos. Um caos coletivo. Ainda tenho esses cadernos. Evito folhear.

Buscávamos naves alienígenas no céu estrelado, conversávamos com vaga-lumes, andávamos aos trapos, um com a roupa do outro, um lendo o livro do outro. Entramos numa dieta de arroz integral e shoyu. Alguém disse que nos deixaria acordados e dava barato. Emagrecemos mais ainda. João Carlos estudava química, um perigo; os alunos do departamento aprendiam a fazer drogas sintéticas, inclusive LSD. Certa vez, a segurança da Unicamp achou pés de maconha plantados no campus. Adivinha onde? No Departamento de Química. O caso saiu até em jornais. Ninguém foi pego. E não colaria a desculpa de que jogaram sem querer sementes que brotaram pelas forças da natureza. Estavam muito bem cuidados, podados e irrigados.

Com dezoito anos, vivíamos todos da mesada que tinha que durar o mês. Ninguém trabalhava, nem tinha carro, não tínhamos telefone, um luxo na época, nem TV. Na universidade, comíamos no bandejão (subsidiado) e ainda embolsávamos pão, frutas, o que desse, para o café da manhã do dia seguinte. Éramos calouros e sabíamos, como nossos pais, que aquele primeiro ano era uma experiência, para sentirmos se nos adaptaríamos à vida fora de casa, numa outra cidade, num curso que não fazíamos a menor ideia do que se tratava, se era aquilo mesmo que queríamos. Tudo era improvisado, provisório. Se, de fato, ficássemos, aí sim partiríamos para algo mais estabelecido e habitável. Posso adiantar que só um de nós, João Carlos, fez carreira na cidade. Evaldo, como eu, voltou para São Paulo. Ele se matriculou na PUC, se formou jornalista, se casou com a herdeira paulistana, Débora, a namorada de escola, jornalista cultural. E que se eu não tivesse vomitado enquanto a beijava na mesa de sinuca, talvez namorasse. Arnaldo Esteves virou professor de teologia de uma faculdade metodista. Paulo Renato e Ismael Pessoa morreram de aids na década seguinte. Mas, naqueles anos, não pensávamos em tragédias e dores. Vivíamos a ingenuidade, adrenalina, inconsequências, inspiração, loucuras e excessos dos meados dos anos 1980. Eu tinha um cobertor fino. Quando fazia muito frio, forrava a cama com todos os meus casacos. Se o frio aumentasse, eu colocava álcool numa panela e acendia. Corria risco de morrer nas noites de frio. Corríamos. Minha cama era rente ao chão gelado. Nessa cama, Lívia perdeu a virgindade. Perdemos.

Depois da primeira aula em que a conheci, pensei nela todos os dias, horas, olhava o nada, vinham os olhos da cor dos meus. Na segunda aula, aprendemos a nos apresentar em francês.

— Je m'appelle Lívia, je suis étudiante. Ravie de vous rencontrer.

Depois, fomos tomar café na lanchonete.

— Je voudrais un café sans sucre, s'il vous plaît.

E nos apresentamos melhor. Idade? A mesma. Signo? O mesmo. Ela no primeiro dia, eu no último. Ou seja, era vinte e oito dias mais velha. Parecia anos mais centrada. Fazia engenharia elétrica. Seu pai era um grande empreiteiro de Campinas. Sua mãe, professora dali, do IEL, o Instituto de Estudos da Linguagem. Lívia nasceu e se criou numa Campinas que eu não conhecia: ainda agrária, mas também tecnológica. Campinas já foi do café, e passou a ser da indústria e da logística. Viracopos era o aeroporto de maior movimentação de carga aérea da América Latina. Ela falava de qualquer coisa com tanta empolgação que, se dissesse que tomar choque ou lamber uma lâmpada acesa faz bem, eu lamberia, e comecei a achar a elétrica um dos ramos mais importantes do conhecimento, e Campinas um polo de inovação, cultura e tecnologia, com seus grandes teatros e uma orquestra sinfônica regida pelo excêntrico maestro Benito Juarez. Em Campinas foi inventada a fotografia, por Hercule Florence. De Campinas é Carlos Gomes, compositor de óperas. Campinas foi maior que São Paulo. Dela saíam ferrovias e nela chegava o café. Cresceu demais e desordenadamente, até ser atacada por uma epidemia mortal de febre amarela. De cinquenta mil habitantes, em 1888, foi para cinco mil dois anos depois. Só então São Paulo a ultrapassou em habitantes e importância. A empolgação de Lívia era tanta que comecei a me perguntar como vivi sem saber da história de Campinas, cidade que tem uma escola centenária com o belíssimo nome de Colégio Culto à Ciência, em que estudaram Santos Dumont, o pai da aviação, o poeta Guilherme de Almeida e o jornalista

Júlio de Mesquita, fundador do jornal *Estadão*, em que fui trabalhar anos depois.

Fiquei magnetizado por Lívia. Me perguntava se todos naquele campus sentiam o mesmo. Depois das aulas, continuávamos a conversar na lanchonete do instituto. Ela me olhava no fundo dos olhos, ria, colocava a mão no meu braço com muita naturalidade, era gostoso, era carinhoso, parecia um fio desencapado: toda vez que sua pele encostava na minha, uma corrente de choque me atravessava. Estava interessada em tudo, me fazia perguntas empolgadas sobre minha família, meu passado, vida, amigos, era muito curiosa e carismática e disse que detestava São Paulo, tinha medo. Tirando o signo, a cor dos olhos, morarmos na mesma cidade e o francês ruim, não tínhamos nada em comum, e foi exatamente isso o que nos atraiu. Tínhamos o que ensinar e aprender. Falei de filmes, escritores, filosofia. Ela prestava atenção. Emprestei livros. Não sei se leu. Pretensão a minha. A mãe dela, que ela chamava de mamãe, tinha uma biblioteca maior do que minha casa.

Por conta da minha jaqueta de couro, ela me contou que a moda surgiu com a sobra das roupas de aviadores da Segunda Guerra. Falou que Marlon Brando, não Elvis, nem James Dean, foi quem lançou a moda jeans, camiseta branca e jaqueta de couro. Me falou do papel social da moda, de como acompanhava a evolução dos tempos, a revolução sexual, os avanços feministas. Contava empolgada que, com o fim do espartilho, a mulher pôde trabalhar nas fábricas, que a Chanel colocou calças nas mulheres operárias que durante as guerras precisavam de roupas de qualidade que se encaixassem nas condições de trabalho, que o jeans e a camiseta, T-shirt, eram para mulheres e homens se vestirem do mesmo jeito no ideal de direitos iguais. No fim, me convidou para uma festinha da Engenharia. Foi me pegar num Chevettinho vermelho novinho, que ganhou por entrar na faculdade. Tem famílias que dão carros quando os filhos entram na faculdade, e casas quando eles se casam. Minha mãe me deu a luminária vintage.

Para entrar na festa, no Jardim Guanabara, bairro no alto de um morro, tinha uma pequena escada com uma sacada. Ela segurou minha mão e me puxou. Cruzamos a sacada. Só que as mãos não se desgrudaram. Entramos na sala de mãos dadas. Seus dedos se entrelaçaram nos meus. Nosso suor nos cimentou. Nunca ninguém tinha segurado a minha mão daquele jeito. E, de novo, uma onda de choque cruzou meu corpo. Nos desgrudamos para cumprimentar pessoas. Eu queria que nunca tivéssemos que cumprimentar ninguém.

Nos separamos por instantes. Olhei a vista. Ela trouxe bebidas.

— No que você está pensando? — perguntou. Ela sempre me perguntava isso. Todos os casais se perguntam isso. Talvez, quando a gente quer demais uma pessoa, quer ler seus pensamentos, se certificar de que é querida, de que aquele é o caminho certo, de que estamos sintonizados. O amor é um mar turbulento. É preciso saber se vale a pena atravessar, se do outro lado tem terras férteis, dragões, abismos ou vulcões. Por ter feito essa pergunta, intuí: rolou. Está em processo, em construção, vamos ficar, vamos nos beijar.

— Vamos dançar? — convidei.

Ela sorriu, pegou os copos e os apoiou na bancada. Dançamos Stevie Wonder. O país todo dançava músicas que tocavam nas rádios. Porém, nas repúblicas estudantis, dançávamos MPB das antigas, samba raiz, soul e músicas da década anterior. Universitários se sentem no dever de se apropriar do passado como objeto de pesquisa, de preservar e difundir o conhecimento. Até da música pop.

Eu dançava bem para os padrões da estudantada dali. Quer dizer, era uma dança livre, não matemática nem previsível, como uma girafa tonta com um prego na pata. Eu não ficava parado. O drogado, menininho que queria aparecer, que se achava um bailarino russo dançando um compositor russo. Ela fazia os passos que todos faziam, os da moda, parada, mexendo os braços, dando chute no ar.

Era uma república aparentemente como a minha, uma casa velha com infiltração, batentes e rodapés quebrados, sem móveis, muita bebida barata, garrafões de pinga e vinho. Fiquei tonto de tanto beber e rodar. Fomos para a varanda fumar, respirar. Tinha vista de toda a cidade. Ficamos grudados nos apoiando. Nos demos as mãos de novo, encostamos os ombros, os rostos e nos beijamos pela primeira vez, daqueles beijos que se dão com paixão e tesão, em que as bocas não se desgrudam e cada um tenta abri-la mais, como num desafio, para entrar mais dentro do outro e sentir seu gosto.

— Por que estamos aqui? — ela perguntou.

— Beber, dançar e beijar.

— Você pensa no futuro? Existimos por alguma razão. Para melhorar a vida das pessoas. A maioria quer se formar e trabalhar numa grande concessionária estrangeira, de preferência, em parques industriais, fábricas, para construir, erguer, ganhar dinheiro, viajar. A gente tem uma missão. Somos privilegiados: temos saúde e entramos numa universidade pública de ponta. Todo esse povo paga a nossa educação. — Apontou para a cidade abaixo. — Deveria ser obrigatório, depois de nos formarmos, trabalhar de graça por um tempo no serviço público, imagina? Médicos, engenheiros, enfermeiros, professores... Não quero me formar e trabalhar numa empresa. Penso em fazer algo de útil.

— "Eu não sou nada, mas devo ser tudo."

— Quem disse isso?
— Marx.
— Fala mais.
— "Qualquer um que saiba alguma coisa da história sabe que grandes mudanças sociais são impossíveis sem o fermento feminino."
— Marx de novo?

Fiz que sim com a cabeça. Tocava Bob Marley. Foi a deixa para agarrá-la e nos jogarmos na pista de dança. Agora eu parecia um canguru bêbado. Ela dançava do mesmo jeito que antes.

No final da noite, a maioria vazou. Ficaram os amigos próximos de Lívia. Estávamos deitados no chão da sala, bêbados. Eu sem camisa. Ela se deitou apoiando a cabeça nas minhas pernas. Acariciava meu peito. Como eu emagrecera horrores naquele primeiro ano em Campinas, meus jeans estavam folgados. E, como não usava cuecas, via-se a ereção de dezoito anos se formando e praticamente saindo pra fora. Gentilmente, com a mão levantando a calça, ela o escondia, arrumando, o que só o enrijecia mais.

— Que emocionante... — dizia. E ria para Maria, a melhor amiga. — Você está vendo? — dizia e ria. — Não é incrível? — ria.

Foi me deixar em casa. No caminho, eu conjecturava como acabaria aquela noite. Não a deixaria entrar na república, um amontoado de malucos com coisas pelo chão, desconhecidos dormindo na sala, louça empilhada que lavávamos uma vez por semana para economizar a água do planeta, que um dia acabará. Eu não sabia como encerrar aquele encontro, início de algo. Ela deveria saber melhor do que eu. É alguns dias mais velha, mais experiente, mais segura. Ela é mulher, deve saber o que é melhor para os dois.

Estacionou, puxou o freio de mão e, sem desligar o motor, disse:

— Nos vemos?

— Claro.

Sorriu. Aproximei o rosto, ela se afastou. Errei. Não é assim que se faz. Tenho tanto a aprender... Achei que era a deixa para eu me mandar. Coloquei a mão na maçaneta, abri a porta. Ela pulou, subiu em cima de mim, puxou a porta, bateu, passou o trinco e começou a me beijar como se eu fosse partir para uma missão em Marte. No meu colo, de frente pra mim, com as pernas bem abertas, se esfregou até a ereção reaparecer. Me agarrava, me beijava, se esfregava, o pau saiu pra fora da calça, ela se esfregava nele, segurava meu pescoço, fechava os olhos, mexia, mexia, mexia o quadril, eu ia explodir, ela parou de me beijar, fulminou meus olhos e disse:

— Eu sou virgem.

Voltou para o lugar do motorista, arfando. Ajeitou a calça.

— Eu também — eu disse.

Me olhou surpresa. Pairou a incógnita. Os dois? E agora? Pairou a decepção. Não serei desvendada por alguém que não sabe como. Ajeitei meu pau, minha calça. Preciso usar cintos, achar minhas cuecas, emagreci demais. Sorri sem graça. Abri a porta. Dessa vez, ela não me impediu de sair do carro.

Faltei à aula de francês. Minha cabeça em chamas. Serei eu, então? Dou conta? Não seria melhor aprender do que ensinar? Nós, homens, não sabemos nada. Deu pânico imaginar o que viria pela frente. Se na época a Unicamp tinha doze mil alunos, eram doze mil garotos e garotas para iniciá-la, sem contar professores, acadêmicos, funcionários. Por que eu? A maioria, com certeza, não veio da escola da elite paulistana, ideologicamente avançada mas conservadora como a raiz de uma árvore vulcanizada, com costumes fundidos a dogmas e tabus cristãos.

Eu não tinha com quem trocar uma ideia sobre o dilema que apareceu. Passei a lavar a louça todos os dias, passar esfregão, lustrar móveis, limpar vidros. Só do jardim não dei conta. Refleti que talvez pudéssemos aprender juntos. Que, se eu tivesse dúvidas, era com ela que deveria me consultar. Naquela época, naquela idade, nós, garotos, achávamos que se disséssemos "não sei" escutaríamos "então não quero". Esse turbilhão era surrado por outros sentimentos que não se podem controlar: ao fechar os olhos, o rosto de Lívia; ao tomar banho, na névoa do boxe, o corpo de Lívia; ao me tocar, ela aparecia me beijando; ao sonhar, lá estávamos dançando Stevie Wonder e nos pegando no Chevettinho.

Tenho dúvidas se queria mesmo tê-la conhecido. Fiquei imediatamente apaixonado e aterrorizado. Ela mexeu com minha libido, ao ponto de eu esgotar minha cota diária de porra. Aquilo estava acontecendo, era inédito, enorme, expandia, a vida ganhou sentido. Eu não cabia dentro de mim.

Fui ao IEL no dia do francês. Ela não estava. Fui ao departamento de Engenharia Elétrica. Procurei por corredores e salas. Não estava. Até encontrá-la deitada no gramado, imóvel, tomando sol, com *O 18 de brumário* aberto no rosto. Me deitei ao seu lado. Coloquei a mão no livro e o afastei delicadamente. Ela acordou de um sono profundo. Como num conto de fadas, me viu e abriu o maior sorriso da luta de classes. Depois, quase cobrando:

— Bonjour, mocinho sumido. Por onde andou?

Sentou, fechou o livro, arrumou o cabelo. Tirei grama das suas costas.

— Mulheres não são leveduras para fermentar — ela disse.

— Marx é de outro tempo — expliquei.
— "Qualquer um que saiba alguma coisa da história sabe que grandes mudanças sociais são impossíveis sem a mulher."

Além de sermos sexualmente inexperientes, com o tempo as diferenças se acirraram. Lívia tinha os olhos no futuro e no porquê de estar viva, e talvez isso me seduzisse. Eu estava condicionado a um presente alucinado, vivendo cada momento com uma urgência eufórica, meu amanhã era o minuto seguinte, como se o mundo fosse acabar em semanas, vivia o agora pra já, as descobertas físicas, intelectuais e espirituais, e talvez isso a seduzisse. O futuro não existe!

Rolaram beijos e amassos no Galaxy 500 do pai dela, "papai", carro em que saíamos eventualmente, mais confortável e condizente com o nosso tesão descontrolado e tão necessário às nossas cobiças; ela pegava emprestado de papai quando ele viajava, e como papai viajava bastante, usávamos sempre para termos no final da noite uma pegação com mais conforto e espaço. Era o maior carro brasileiro, o banco traseiro tinha o comprimento de uma cama. E portava um toca-fitas com potência suficiente para uma festa. Ele a proibiu de sair com seu carro quando, um, descobriu que eu era um estudante pobretão que morava em Barão Geraldo, e dois, que a gente se pegava no carro, ao encontrar calcinhas esquecidas, cinzeiros cheios, garrafas de bebida vazias. Depois, como castigo, a obrigou a trabalhar alguns dias por semana na sua construtora, como estagiária. Estava evidente que ele era contra a nossa relação, o que dava a ela um tempero shakespeariano de novela das nove.

Ainda hoje, quando escuto Stevie Wonder, me lembro daquele olhar. Stevie é sexy, sensível, romântico. E, claro, dançante. Ela é sexy, sensível, romântica e adora dançar. Passou a ser a trilha do nosso namoro. Eu cantava:

My cherie amour, lovely as a summer day
My cherie amour, distant as the Milky Way

Ela cantava:

Meu mocinho amour, pretty little one that I adore
You're the only boy my heart beats for...

Apesar dos estilos de vida conspirarem contra, passamos a nos considerar namorados firmes. Comecei a frequentar a casa dela, uma cobertura gigante no Cambuí, com um terraço maior do que minha casa, no lugar mais nobre da cidade, de onde se ouvia de longe a Sinfônica Municipal tocar ou ensaiar no Centro de Convivência Cultural. Fui aceito sem ressalvas. A irmã gêmea, horas mais velha, era uma hippie doidinha, como se fosse da minha turma, da minha república. No meu colégio, ela seria definida como comunista. Estava o tempo todo rindo de bobeira, de olhos vermelhos, o que era suspeito. O irmão temporão era uma criança chorona, aparentemente mimada e problemática. Lívia ficava muito com ele, dormia no quarto dele quando papai não estava na cidade. A mãe, ou "mamãe", Kaká, era uma intelectual sofisticada, professora da Unicamp. O papai empreiteiro eu pouco via. Conhecia intimamente o banco extenso do seu carro, a potência do toca-fitas e a língua da sua filha, mas ele eu nunca via.

Eram discretos e ligados em arte e cultura. Lívia era idealista e contraditoriamente consumista, ligada em roupas, bolsas, sapatos, óculos, marcas, assinava revistas de moda. Era inteligente, rápida, antenada. Tinha uma lógica matemática, enquanto na minha cabeça, caos. A irmã gêmea namorava um dos caras mais doidos da cidade, que eu desconfiava ser um surfista-traficante, e ouviam boa música brasileira sem parar. Lívia curtia músicas dançantes e sertanejo tradicional. A mãe era quem mais conversava comigo. Me ensinou:

— Campinas são dois tecidos sociais presos por um zíper: de um lado, o tecnológico, de ensino de ponta, industrial, urbano, onde se encaixa a Unicamp; do outro, o rural, caipira, sertanejo, conservador, com uma elite tacanha.

Kaká contou que fazendas de café trouxeram fortunas para a região, além de desgraça, dor, sangue, com a tragédia da escravização. No boom do café, metade da população do entorno da cidade era escravizada, trabalhava dezoito horas por dia. Os maus-tratos eram horripilantes e públicos, no tronco do largo do Pelourinho, hoje conhecido como largo das Andorinhas.

— Apagaram a memória, mas foi ali, bem ali, em frente à prefeitura, a quadras daqui. A cidade ganhou a fama de ser cruel com todos eles e elas. Tinha até uma quadrinha: "Rio de Janeiro é Corte, São Paulo é capitá. Campinas é purgatório, onde os negro vão pená".

Parou, serviu uma dose de uísque, que não me ofereceu. E falou do movimento republicano abolicionista que combateu a monarquia. Alguns paulistas compravam fazendas para libertar escravizados.

— Visconde de Indaiatuba chegou a alforriar cento e trinta negros antes da abolição e ofereceu trabalho remunerado. Carlos Gomes deu um concerto no Teatro São Carlos. A renda foi revertida para libertar escravizados. Barão Geraldo também alforriou os seus. A Unicamp fica numa parte da sua fazenda.

E serviu outra dose. Concluiu.

— Praça Andorinha porque andorinhas descansavam lá, durante a migração. Que vergonha... São mais importantes que a história.

No campus, eu e Lívia nos encontrávamos apenas nas aulas de francês, que ela aprendia para ler colunistas da *Vogue*. Depois, ficávamos algumas tardes passeando e namorando deitados no gramado. Era estudiosa. Tinha o porquê de estar ali. Eu ficava mais pelos gramados e lanchonetes lendo, anotando pensamentos, jogando conversa fora, papo-vai-vem, entrando-saindo de aulas que me indicavam, que nem faziam parte do meu currículo, de teses defendidas, sessões de filmes raros, buscava cantos escondidos para fumar baseados no prédio em construção da Matemática, e depois ia jogar futebol com os amigos Evaldo, Arnaldo Esteves, Paulo Renato, Ismael Pessoa e amigos e amigas que fazíamos. Se naquela época tivesse piscina, como na USP, passaríamos o dia nela. Eventualmente, João Carlos aparecia com seus colegas da Química e nos faziam de cobaias de suas drogas sintéticas e pingos de LSD que eles mesmos fabricavam clandestinamente nos laboratórios. Tudo com muito mais anfetamina que alucinógeno, ou vice-versa: nunca a fórmula era equilibrada com os dois agentes químicos. Não costumava ter futebol depois. Ficávamos jogados na construção de concreto de cinco andares do prédio da Matemática que demorava uma infinidade para ser concluído. Logo aquele elefante branco foi descoberto por outros estudantes. Virou ponto do pôr do sol e de viagens psicodélicas. As drogas daquela época não eram como as de agora. A maconha vinha do Paraguai ou Pernambuco, e era fraca, comparada com as de hoje. Os ácidos da turma da Química tinham efeitos descontrolados. Não era doce que se lamba. E cocaína não era epidêmica ainda no Brasil. Não entre estudantes duros. Chá de cogumelo nem sempre era batido com o cogumelo certo. Causava mais vômito que delírio. O mesmo com chás de lírios roubados de cemitérios. Esses, eu nem me atrevia. O que batia mesmo era pinga. Dormi muitas noites em cantos desconhecidos. Acordei sem saber onde estava. Em anos, essa fase passaria. Era apenas uma transição que pedia amnésia. A transição entre uma existência absurda para entrar na engrenagem do mercado, cumprir papéis e ser útil. Uma porcentagem mínima não concluía a transição. Eles se perderam para o resto da vida, como Esteves, coitado.

Eu não sabia por que estava ali, não sabia por que existia. Como Deus e a imortalidade não existem, é permitido ao homem novo se tornar um homem-deus, disse o gênio russo. E, se nada faz sentido, está criado um caos social que extinguirá a raça humana. Se Deus não existe, tudo é permitido. Não existe futuro. A humanidade com letra minúscula será extinta. O século e avanços da ciência provaram que a Terra será engolida pelo Sol, o Sol explodirá, galáxias vão se chocar, meteoros vão se chocar conosco, o eixo magnético pode se alterar, o gelo derreter, o nível do mar nos afogar, a água potável desaparecer, a radiação sem a camada protetora nos fritar, o peido do boi polui a atmosfera, o bafo da vaca polui, os peixes vão desaparecer, as florestas virarão fumaça. Porra, que saco! Como ser feliz assim? A regra do Universo é o caos, não a acomodação. Eu não servia à ciência, preferia não acreditar em nada e viver a ilusão de que a utopia é a próxima estação, e só depende de nós se realizar. Um dinossauro nos diria o contrário. Minha geração era bem pessimista. Dela nasceu o pós-punk, o dark. *Blade Runner* era nosso filme. Acreditar em nada é parte importante do tecido social. Um filósofo diria que aquele cético que vive entre crentes serve para lhes dar certezas e trazer indagações. É preciso ter deformidade para a beleza ser valorizada.

Lívia era luz ao meu lado, uma supernova, eu, um buraco negro. Por isso, passei a evitar o contato dela com minha rotina, evitava levá-la para a minha república, com medo do que aquele ambiente hostil diante de um jardim tóxico poderia causar numa relação em que eu planejava investir, ou ao menos achava que aquilo era investir, meu primeiro namoro adulto, o primeiro amor da vida.

Na casa dela, eu passava um bom tempo xeretando a biblioteca de mamãe, conversando com ela, aprendendo. Kaká me indicou para uma bolsa de professor assistente. Dei aulas particulares para alunos dela e, com isso, dei uma folga nas finanças da minha família. Me indicou quais professores seguir e quais ignorar. Quais teses ler. E li. Ouvia MPB com a irmã dela, fumando um baseado com o namorado dela na varanda. Lívia não fumava maconha, mas não reprimia. Era passiva, ficava de olhos vermelhos e risonha da brisa que batia no rosto. A maconha do cara era a melhor da cidade, das mais fortes que eu tinha fumado. Nunca comprei. Levava a ponta para os maconheiros da minha república, que ficavam loucos até cheirando orégano.

Beijei algumas garotas no passado, me amassei com elas, mas os beijos de Lívia eram os mais eletrizantes, pareciam vulcões em erupção, alusão cafona, mas bonitinha. Começamos a nos pegar com mais intimidade, explorando o corpo alheio. No sofá da casa dos pais dela, depois que eles dormiam, fazíamos de tudo, quase tudo, e eu sempre ia embora com as pernas bambas, desidratado. O medo de sermos flagrados dava mais tesão, mais pressa. E nos pegávamos muito na rede da casa da melhor amiga, Maria, que acho que fazia educação física, não me lembro, pois tinha um corpo sarado, firme, chamativo, tinha um salão só de jogos e um namorado que mais parecia gerente de casa de câmbio.

Antes do primeiro sexo, ficávamos pelados um contra o outro às tardes na minha casa, em que não tinha ninguém. Sexo passou a ser nossa obsessão. Por onde começar e como. Principalmente, quando. Engravidar, jamais! Nem uma sombra de esperma poderia encostar nela. Eu sempre tinha que me virar e ejacular para longe, como um extintor apagando um incêndio no vizinho.

Quarta, às catorze horas. Todos na universidade. A casa estará vazia. Janelas e portas trancadas. Ninguém nos escutará. Nem sentirão nossos cheiros. Planejado. Será hoje, decidimos. Juntei a cama do Evaldo com a minha, coloquei lençóis limpos, vasinho com flores. Ela chegou, sorriu, demos as mãos e fomos para o quarto. Logo nos deitamos. Meu mocinho, amor... De peça em peça, tiramos a roupa, cada um, cada uma. Nus, na posição, vamos lá. Tudo bem? Tudo. Massagem nas costas, carinhos na coxa, beijos no pescoço, na orelha, na testa, nos olhos, nariz, boca, peitos, eu chupava muito seus peitos, eram pequenos, me concentrava nos mamilos, lambia eles todos, não sabia como fazer, seguia uma intuição e seus gemidos, se ela adorava ali, ali eu ficava, explorava, mordiscava, era o que me interessava, fazia tempo que eu investigava seus peitos, já os conhecia em detalhes, sabia onde ela gostava, mas sempre tinha uma novidade, olha, se eu fizer isso, ela aperta a minha nuca, aquilo ela geme, se eu fizer mais forte, aperta minha nuca mais forte. Depois, ela investia no meu peito, mordia, arranhava, beijava, investia em toda a barriga, cheirava, mordiscava, esfregava as mãos nas minhas coxas. Eu amava aquela pele sem marca, suave, deserta, que se arrepiava quando tocada. Ela curtia sol, frequentava a piscina do Tênis. Mas não se bronzeava muito. Tinha poucos pelos, cheirosos, ralos, ruivos. Alguns solitários ficavam comigo, grudados nos meus lábios. Eu deixava. Era parte dela em mim.

Ela, como eu, era magra, com as pernas esguias. Parecíamos dois grilos na cama trançando braços e pernas. Ela grudava os calcanhares nas minhas costas, prendendo-os com força, e cruzava os braços no meu pescoço. O tesão era proporcional à dificuldade de penetrar. Pensávamos que seria fácil. Fizemos tudo certinho. Não entrava. Doía quando forçava. Era para doer, mas não tanto. Era para ser lindo, incrível, do outro mundo, inédito, apaixonante. Não entrava. O que faltava? Relaxamos. Olhamos o teto. Rimos de a casa tremer por conta das máquinas acionadas da lavanderia vizinha.

Massagem, beijos, lambidas, carinho, subo novamente, ela encaixa as pernas nas minhas costas, se acomoda debaixo, me abraça, queria tanto quanto eu, vai, agora vai, vai! Dói! Posso? Dói. Não entra? Não entra. Mais uma vez. Para, para, para!

Tentamos outra vez, nada. Eu a examinava. Nada de anormal. Estava tudo ali. Me olhava. Estava tudo ali. Num outro dia, no mesmo esquema, roteiro, trama e final, um de cinema francês: em aberto. Nada. Tentamos a terceira vez. Virou trauma. Não tentamos a quarta. Algo tinha que amadurecer. Deveria ser tão fácil... O que fizemos de errado? Por que achei que a culpa era do corpo dela, da tensão dela, dos tabus dela? Pensando assim, não daria certo... Comecei errado.

Conheci com ela a vida noturna de Campinas, a que o povo da Unicamp, estudantes duros de fora da cidade, não tinha acesso. Eram boates animadas, luxuosas, tocavam músicas da moda. Usavam-se jeans apertados, cintos, camisas sociais pra dentro da calça e mullets. Roupas dois números a menos do que deveriam. Minhas roupas eram folgadas, e nunca coloquei uma camisa para dentro da calça na vida. Meus cintos eram panos. Minhas botas eram gastas. Eventualmente tocava algo que eu curtia, e eu dançava do meu jeito estabanado. Na verdade, eu cumpria o papel que esperavam de mim, forasteiro exótico, par de uma de suas conterrâneas, filha da cidade, rainha do baile, Lívia, que parecia ter prazer em exibir seu exótico namorado rústico, um es-tu-dan-te da Unicamp, completamente à parte. Se eu me comportasse como o esquisitão do pedaço, me deixariam em paz. Não representa ameaça. Não chegava aos pés deles. Riram de mim e lamentaram com Lívia, namorar um cara desses, você?

As festas do povo raiz da Unicamp eram em casas velhas, sons precários, nada de luz, com outra trilha sonora, bem mais alternativa, com pinga, jurubeba ou pinga com limão, ou jurubeba com pinga, catuaba com jurubeba, catuaba com pinga, garrafões de vinho Sangue de Boi de cinco litros e cerveja de seiscentos mililitros. Por sinal, a música "Jurubeba" (com o Gil e o Jorge Ben Jor), a versão de dez minutos, era o maior sucesso da turma. Se alguém colocasse, o chão tremia.

Quem procura acha na raiz de jurubeba...
Canta, passarada linda, flor de jurubeba, planta nobre do
[sertão...

A pegação em festas da Unicamp era em toda parte e diversificada, não tinha apenas gênero com seus opostos, nem apenas estudantes, entravam ex-estudantes, professores, amigos de infância, bêbados de rua, moradores de um manicômio próximo, gente de todas as raças, credos, preferências sexuais, que queria se divertir em território livre. Ismael e Paulo Renato passaram a se agarrar e se beijar em público. Eu dançava com João Carlos e outros caras. Nas baladas de Lívia, a rapaziada era mais comportada, perfumada, hétero, bem-arrumada, tensa, rolava mais briga e a bebida era de melhor qualidade. Costumava ter segurança na porta para barrar excluídos e apartar desavenças.

Eu e Lívia, num olhar sociológico, representávamos dois Brasis em contraste: o cosmopolita e o agrário, o republicano e o escravagista, o futuro e o passado, o da distribuição e o da concentração. Campinas é a cara da contradição. Quanto mais para o interior, mais agrário o estado fica. Mas está perto de São Paulo, recebe influências. Aliás, comparado com Piracicaba, o sotaque de Campinas é bem mais ameno.

Passamos a ter uma relação em que o sexo sem penetração virou rotina e mania em todos os cantos, cômodos, espaços, feito de todos os jeitos, ao ar livre, em elevadores, na praia, no mar, em que gozávamos, gostávamos, e que, se tivesse penetração, talvez não fizéssemos tanto. Não queríamos dor entre nós. Compensávamos a castidade do jeito que dava. Era puro e belo demais para manchar com o sangue de dois virgens. Certo dia, de tanto ela me masturbar, com tesão e raiva, ele sangrou. Homem sangra. Corri horrorizado ao banheiro, pingando sangue no chão. Lavei. Pânico. Rasgou a glande, que o povo chama de cabaço. Está tudo bem, cara, normal, compreensível, você não vai morrer, só pede pra maneirar, disseram os amigos mais experientes.

Passei a frequentar sua vida, e ela a minha. Nunca dormiu comigo na república, de que começamos a cuidar melhor, a limpar com mais cuidado, a mobiliar e florir, pois todos estávamos apaixonados, em relações "adultas". Nunca dormi na casa dela. Adormeci. A mãe deixaria. Papai era problema. Talvez fosse ele o problema. Era uma família complexa, a irmã horas mais velha desafiava, lutava contra o pai, mas não Lívia, ela até assumia sem reclamar o papel de babá do irmão e trabalharia com o pai durante anos. A mãe vivia no seu mundo de ideias, livros, teses, tabaco e vodca.

 Lívia enfim experimentou baseado, tossiu e não gostou. Não bebia, tinha medo. Combinava em nada com aquela fauna que me cercava. Nem com as meninas que frequentavam a república. Evaldo começou a dormir com Débora no quarto tenda árabe depois da cozinha. Ele, sempre um passo na minha frente. Ela mudou, fazia cursinho, e se tornara uma garota muito exótica, sensual, com uma boca enorme. Tinha sofrido a mutação.

 Lívia era falante, espontânea, curiosa, sociável. Era a única ainda virgem da turma. Dormíamos juntos apenas em viagens. Ela anunciava que ia viajar com a amiga Maria, que ia com o namorado gerente de casa de câmbio. Eles nos ouviam trepar sem penetrar como dois canibais a noite toda: na barraca vizinha, no quarto vizinho de chalé alugado, na pousada. Não me lembro de ouvir os dois treparem.

 Um grupo de feministas organizado pela turma de Porto Alegre resolveu fazer reuniões na nossa casa, por ser "território neutro", diziam. Evaldo participava sempre com Débora, que passava mais tempo com a gente do que em São Paulo. Viviam colados. Meio irritante. Odeio até hoje casais colados, que andam de mãos dadas, têm selfies sempre grudados. Lívia chegava com Maria. Lívia destoava completamente pelo figurino, axila depilada, pequenas joias no corpo, correntinha de ouro com crucifixo, sapatos caros, cabelos tratados, pele tratada, sutiã escondido, interesse pela pauta. Cumprimentava com educação, chamava as pessoas pelo nome e se sentava. Ouvia. Eu não participava, ficava lendo ou escrevendo no quarto. Então ela vinha me ver, e o tesão era tanto que se trancava comigo. Maria, a amiga, não. Tinha mais interesse pelo tema, ficava, gostava do papo, participava. Num julgamento apressado, poderiam chamar Lívia de alienada desinteressada. Talvez fosse. Talvez uma feminista naquela época não devesse usar joias e sapatos caros, nem se depilar, nem cair no charme e manha do namorado manipulador-opressor hétero tarado. Talvez ela fosse uma fútil para os padrões da época. Ou talvez tanto eu quanto ela fôssemos pessoas sem classificação, que fugiam dos padrões e clichês, dos estereótipos e preconceitos, que trepavam e gozavam sem trepar, e talvez essa tenha sido a química que nos uniu: éramos únicos, não aceitávamos o que se esperava de nós, éramos diferentes e tínhamos o segredo da virgindade; éramos cúmplices. Ficávamos os dois no quarto nos alisando, enquanto se debatia pela casa o futuro, a luta, o sistema e a sociedade. Ela ia embora, mas sempre esperava eu dormir. Fazia carícias em mim, para me relaxar: uma magia no meu couro cabeludo que me acalmava, me tirava as defesas, me adormecia.

Para mim, ela era tudo, o começo, meio e fim. Pensava nela a toda hora, queria ouvir sua opinião sobre tudo, ouvir sua voz sussurrando, encostar nela, sentir a pele dela, o cheiro dela, beijá-la, masturbá-la, gozarmos, amá-la. Para mim, existia um mundo antes e pós-Lívia. O que seria de mim sem ela? Me sentia o cara mais feliz e sortudo da Unicamp. Do estado.

Não me lembro de ter insônia, apesar da agitação da casa. Dormia fácil, e com sono pesado, sempre que me deitava. Nessa noite, Lívia já tinha se ido, depois de termos passado um tempo juntos, e eu dormia. A porta se abriu. A casa estava escura. Não sei que horas eram. Aquele balé vai-e-vem de luz fraca e sombras, de velas, iluminava a parede do corredor.

Uma penumbra no batente. Achei que era Evaldo, para pegar alguma coisa emprestada. Fechei os olhos. A porta se fechou. Tudo muito escuro. Um corpo se aproximou, o meu colchão afundou, senti um peso amassar a espuma, alguém se sentou de repente de pernas abertas sobre mim. O vulto tomava forma. Mulher.

— Shhhhhh! — ela fez.

Segurei suas pernas. Não era Lívia. O peso, a pele. Espera. Foi tudo muito rápido. Eu estava sem cuecas. Ela, já sem calcinha. Não sei como conseguiu, foi tudo tão rápido. Ela se esfregou em mim, no ponto preciso, me deu tesão, me deu uma ereção imediata, a resposta fácil dos dezoito anos, ela estimulou, pegou nele, embrulhou, levou para dentro dela e encaixou. Estava muito lubrificada. Entrou fácil. Duro. Muito duro. Como entrou fácil... Sem dor, sem pudor, e lá dentro ele ficou, envolvido, acariciado, tomado. O máximo que consegui foi colocar as mãos no seu rosto, mas ela tirou, parou de se mexer, me prendeu na cama, segurando meus pulsos. Ela era muito forte.

— Shhhhhh...

Voltou a se mover, mexia mais e mais, como um pêndulo. Eu soltava as minhas mãos, colocava no corpo dela, nas pernas dela, mas ela tirava. Ela fez tudo, sem falar nada, sem pedir ou explicar. Fui até o fim, sem culpa, sem dúvidas. Ela finalizou, e não recuei. Não recusei. Não tive certeza de quem era. Não era Lívia.

Nos meados dos anos 1980, fim da ditadura, o muro da autocensura foi derrubado, floresceu uma horta de muita liberdade, experimentações, contestação, a liberdade política arrastou uma nova onda de liberdade sexual. Poderia ser uma das meninas de Porto Alegre. Poderia ser Maria, a melhor amiga de Lívia. Poderia ser Débora. Não achei justo ela ter feito aquilo, mas não recusei. Ambos estávamos sentenciados com a mesma pena. Veio, deixei. Sim, ejaculei dentro. As contrações involuntárias dos músculos e ductos deferentes, vesícula seminal, expulsaram a porra leitosa. Sem preservativo! Mas Débora não deveria estar com Evaldo? Será que eles estavam na sala, ele saiu num momento, pode ter ido comprar cigarro, cerveja, e ela foi me ver? Foi Maria? Disse para a amiga que continuaria na reunião e foi me ter?

Eu só tinha na planilha dois cenários opostos: o da penetração impossível e o da facílima. Tal qual fazia na faculdade, eu comparava. Da comparação, veio a suspeita: tabu.

Acabei abrindo o jogo com Evaldo. Ele me olhava pasmo, mas não reagia.

— Quem foi? — perguntei.
— Como vou saber?
— Pergunta à Débora?
— Nunca. Quem garante que ela falaria a verdade?
— Nunca vou saber quem foi?

Nunca mais tocamos no assunto. Ciúme, para a minha geração, para os avanços, para a releitura da instituição decadente, como chamávamos o casamento, se tornou censurável. Ciúme de uma mulher por quê, você é dono dela? Alguém é de alguém, o tesão é exclusivo? Não lutamos pela liberdade? Não conquistamos o direito ao prazer, orgasmo, controle da natalidade? Por que esse sentimento de posse, de propriedade? Ciúmes de um cara? Isso é doença, vai se tratar, ninguém é de ninguém, desejos não têm dono, os laços de uma relação não abrangem o outro por completo, isso é coisa da aristocracia herdada pelos burgueses, que não queria dividir reinos e impérios com bastardos, ou da Igreja, que não queria dividir terras com ninguém, isso é coisa da Inquisição, caça às bruxas, guerra religiosa. É construção de uma moral escrita pelo Poder. Deus está morto!

Evaldo não entraria nessa. Lívia não saberia jamais. Fadado: eu jamais saberia quem me fez gozar dentro, depois de me mandar um "shhhhh".

As mulheres podem discutir opressões do gênero na sala de uma república, em livros, manifestos, analisam a vida sexual delas, o orgasmo, a emancipação, elas têm ginecologistas, o homem apesar de ser o opressor só vai ao médico quando está doente e não sabe diferenciar uma ejaculada de uma gozada de um orgasmo. Homens não podem ter dúvidas. Não devem. Nasceram prontos para a reprodução. Basta enfiar e expelir a gosma reprodutiva. Querem do garanhão filhos.

Desconfiei que Lívia vivia um dilema moral pessoal. Era físico, e quem comanda o físico não é a mente? Ela tensionava o corpo, impedia, tinha medo, desenhou seu dogma: o da filha casta. Virou um tabu. Fui pesquisar na fonte: Freud. O problema é que o texto *Tabu da virgindade* é de 1918. O mundo mudou, mas resquícios ficaram impregnados em nosso espólio de milênios de repressão sexual, amém, como um entulho medieval.

Ele fala da existência da intocabilidade da mulher em povos primitivos, explica que o alto valor atribuído à virgindade dela está tão enraizado que não é uma aberração. Explica que, ao perder a virgindade, está estabelecido na mulher o pacto pela sujeição sexual ao homem primitivo, para que o relacionamento seja durável e civilizado. E que a ação pelo que ele chama de "furo" leva a algo incompreensível e inquietante, por vezes tratado em rituais de passagem. O tabu é por um lado sagrado e por outro proibido, perigoso, profano. A mulher inteira é tabu, ele diz. Para ele, sempre que o homem primitivo partia para a caça, era obrigado a se afastar da mulher e, principalmente, da relação sexual. Na vida diária, há povos que mantêm os gêneros separados: mulheres vivem com mulheres, homens com homens.

O meu colégio só aceitou mulheres em 1977. O das minhas irmãs só aceitou homens em 1988. Um dos colégios mais fortes de São Paulo por décadas separava alunos de alunas no recreio; tinha uma grade entre eles. Tabu não é dela, é nosso, é meu, é da cidade, do todo. Estabeleceu-se o tabu por se temer a mulher. A valorização da virgindade seria a extensão do direito de propriedade à mulher. Mãe de Jesus precisava ser virgem. Impensável ela parir o filho de Deus depois de fecundada por um homem comum. Que gozou dentro dela. Ejaculou. Jesus jamais poderia ter vindo de um esperma numa porra de um simples carpinteiro. Ele nos foi doado por Deus, ele foi luz.

Lívia tensionava toda vez que o hímen estava para ser rompido. Talvez ela temesse ser mulher, ser mãe, largar da condição de filha, do conforto do mimo, e ser atirada sem piedade ao mundo dos caçadores e caçadoras, entregue sem um ritual de passagem glorificando sua virgindade, que contém sangue. Com dezoito anos, continuava virgem. O jovem guerreiro aqui, com a chama da virilidade, teria que a carregar no colo, levar para a oca e entregar a chama do amadurecimento. Seu tabu é culpa nossa. Sua virgindade é culpa nossa. Você já se entregou a todos os prazeres, já gozou na minha mão, na minha boca, já senti o sabor do seu pecado. Falta mais. Falta nos sujarmos, o essencial. O principal: seu sangue! Eu quero te comer, tem que ser sujo, estranho, suado, empapado de amor, quero vazar em você, dia e noite, inundar sua boceta, afogá-la na enchente da paixão. Amém.

Depois de uma festa, nos apertamos bêbados no estreito Chevette de Lívia. Intuí que seria naquela noite. Muito bêbados e chapados. No banco de trás, Arnaldo Esteves, Débora, Evaldo e João Carlos estavam esmagados. Não cabia uma metáfora. Lívia dirigia. Eu, no banco de passageiro. Sua melhor amiga, Maria, entre nós. Era tão estreito que a motorista não conseguia passar a marcha. Sugeriu para a amiga se sentar no meu colo. Ela sentou. Ela de saia. Eu de calça folgada. Aos poucos, uma ereção fenomenal nasceu entre nós, uma alavanca se suspendeu. Maria continuou encaixada, como se nada estivesse acontecendo. Eu não tinha o que fazer. Controlar uma ereção é como segurar um terremoto. A larva sobe das entranhas da Terra. Os temores a elevam. As curvas e o chacoalhar só pioravam. Tive que agarrá-la para não cairmos. Todos riam. Estávamos no auge. Viva a vida. Passei meu braço direito em torno do seu quadril, que caiu para a perna dela, e ela colocou a mão no meu antebraço. Apertávamos no carro apertado. Ela era como uma tomada plugada. Estava todo mundo gargalhando. Ela ficou superconfortável e acomodada no meu colo, no meu pau. A mão dela ficou alisando os pelos do meu antebraço. Ela estava um tesão. Até achei que Lívia fizera de propósito, com o propósito de repartir a maior ereção do mais tarado dos caras de dezoito anos do campus. Parecia até que dirigia, fazia curvas e freava para aquele quase coito chegar a um ápice, a uma erupção. Que, de tão tenso, não chegou.

No destino, abri a porta, a amiga zarpou e Lívia viu o resultado de suas manobras. Viu a ereção saindo pra fora e me olhou furiosa. Tocou para a república emburrada. Chegamos. Todos entraram. Fui me despedir com carinho. Ela jogou na cara:

— Me deixe em paz!

2. Todo o tempo do mundo

Peguei Bibi na Vila Madalena. Ela entrou na minha minivan, pulou em cima de mim e me beijou tanto...
— Te quero, te quero, te quero, te quero!
Bibi era expansiva, alegre, beijoqueira, entregue, física, romântica. Atriz, né? Atores e atrizes são emotivos, sensíveis e físicos, porém inseguros, precisam constantemente de aprovação, afeto, aplauso, riso alto; numa comédia, se rimos para dentro, acham que não rimos o suficiente e se entristecem; se o aplauso não for ovação, se angustiam; se não aplaudimos em cena aberta, se chateiam.
Irônico, aplaudi a roupa e o estilo dela, como num final de espetáculo:
— Bravo!
Ela agradeceu, se dobrando com os braços alinhados, como atores agradecem. Tinha humor, e por isso eu a adorava. Certa vez, no ensaio do seu grupo de teatro, observei escondido na plateia que gastavam mais tempo treinando o agradecimento do que ensaiando a última cena. Tentaram vários tipos: correm todos juntos de mãos dadas; entram metade pela direita, metade pela esquerda, se encontram no centro e agradecem de mãos dadas; agradecem blasés, como se fosse uma rotina aquele aplauso, nossa obrigação, já que sabem que são geniais; se descontrolam, choram, apontam para a técnica, dedicam a uma penca de gente que não conhecemos, a patrocinadores, e falam que, se gostamos, indiquemos, e se não, indiquemos

mesmo assim, tipo de agradecimento que detesto, já que parece autoritário e hipócrita, nos convocando para uma mentira, pois é evidente que indicaríamos se tivéssemos gostado e NÃO indicaríamos se não.

Estacionamos num ponto de táxi vazio de Higienópolis, torcendo para que não furassem meu pneu, riscassem a lataria ou quebrassem o espelho retrovisor; assim dita a informal ética urbana, que, se você para num ponto, taxistas deixam seu descontentamento visível no seu carro. É uma classe muito territorialista. Desci primeiro. Bibi desceu e quase caiu. O carro era alto. Ela estava espetacular no vestido justo de couro preto, bem curto, com botas até o joelho, que lembravam uma personagem da Marvel. Tive que ajudá-la a subir a rampa que se elevava em torno da escada de entrada no prédio. Era espetacular, porém pouco funcional.

— Se apoia em mim.

Prefiro "porém" a "mas". Adoro "porém". A palavra quando dita é acompanhada de uma pausa.

— Porém...

E vem o mistério, a contradição, a negação do que foi dito, a alternativa B, o outro lado. O "porém" nega, mas acrescenta, necessita de uma oração subordinada. Dá para fazer haicais enigmáticos com ele:

Amo, porém...

Vivo, porém...

Sou, porém...

Cheguei, porém...

Ama, porém o quê? Não rolou? Desesperador se não tiver continuidade. Vive, porém o quê? Detesta viver, vai se matar, está morrendo de uma doença terminal? Chegou, porém o que aconteceu, está tudo bem, chegou bem, perdeu alguma coisa pelo caminho, se esqueceu de algo? Explicações, precisamos delas, somos inquietos e curiosos, somos eternamente insatisfeitos, somos descendentes dos que foram xeretar além do horizonte e encontraram abundância, beleza, maravilhas, e povoaram os quatro cantos.

Além do horizonte deve ter algum lugar bonito pra viver em
[paz.
Onde eu possa encontrar a natureza, alegria e felicidade com
[certeza...

Na nossa relação, tudo parecia simples e se encaixava, como uma letra de Roberto Carlos. Era saudável e feliz. Porém, essa noite com Bibi foi peculiar e nada poética. Para começar, subimos pelo elevador dos fundos, indicado erroneamente pelo porteiro, que nos confundiu com sei lá o quê, uma entrega?

Entramos na festa pela porta de serviço. Cruzamos a área repleta de sacolas de lixo, nos desviando de lixeiras, máquina de lavar roupas, de secar, caixotes de bebida e comida e a cozinha, que mais parecia a de um cassino, por conta do corre-corre de funcionários do bufê contratado e da quantidade de comida, pratos, taças, bandejas, quitutes e bebida. Tinha ali o suficiente para alimentar a trupe de um circo por um ano. Cumprimentei os pobres coitados, que trabalhavam num sábado à noite, contratados para a ocasião, e vestiam aquele uniforme de garçom ou garçonete de restaurante moderno cujos garçons são atrizes ou atores. Ali, eram atores e atrizes de teatro ganhando o pão suado de cada dia num bico em Higienópolis.

Inusitado foi a definição do jantar que tivemos. Estávamos completamente desencaixados naquele luxuoso apartamento, um por andar de Higienópolis, do casal de amigos desde os tempos do colégio, Débora e Evaldo. Apê cuja metragem era oito vezes maior que a do meu apartamento, dezoito vezes que o da Bibi, e talvez por isso o porteiro tenha nos indicado a entrada de serviço, porque achou que fôssemos um casal de comediantes, penetras de uma trupe, ou atores fantasiados que fariam uma performance. Com gente na sala papeando e funcionários de avental dando um duro danado, ficamos na copa.

— Curioso como em teatro são atores, no circo é trupe — falei.

— Você empacou — ela disse.

— Circo vem de *kirkos*, do grego círculo.

— Anel — me ensinou Bibi.

— Teatro em círculo é chamado de palco de arena, e o tradicional, italiano.

— Mas na Grécia os teatros antigos são palco italiano, e os palcos italianos, arena, como o Coliseu. Não quer entrar?

— A humanidade é estranha — eu disse.

— Nunca sei se humanidade é com agá maiúsculo.

— Se é um substantivo, minúsculo.

— Deus é com maiúscula. Não é estranho? A reunião de todos os seres humanos, a natureza humana… Tudo secundário.

— Você é muito curiosa.

— Eu sou estranha.

— Quem não é?

Não sou rancoroso nem tenho problemas com ricos desde que fui um pária social no colégio deles. Sou sarcástico, cínico e, no fundo, invejoso, porque tiveram uma infância espetacular, acho, e todos os brinquedos que o dinheiro pode comprar, porque ganham carros e casas quando crescem. Mas ela sacou. Eu preferia não entrar na sala, do tamanho de um palco italiano, mas ficar na mesa da copa, comendo canapés, bebendo e passando a mão nas pernas malhadas de Bibi. Porém, minha namorada, quinze anos mais jovem, morena com a pele mais branca que papel de impressora, em seu vestido apertado que exibia as pernas de idas e vindas de bike pela cidade, me puxou. Queria conhecer meus amigos de escola, faculdade e colegas de trabalho do jornal, ou melhor, chefes, todos com muito mais grana do que eu.

Evaldo tinha se tornado secretário de redação. Você sabe, estudou comigo no colegial, fez vestibular comigo, morou comigo na república mequetrefe em Campinas, abandonou a Unicamp no mesmo ano que eu, se formou em jornalismo na PUC e teve uma carreira meteórica, de repórter especial chegou a editor, depois de passar por editor-adjunto, editor-assistente, diretor de sucursal, secretário-assistente de redação. Chegou ao topo em poucos anos. Não tem problemas com ninguém, nunca teve, nem terá. Não tem problemas nem preconceitos. É um baita chefe, respeitoso e ético. No seu currículo, ou melhor, prontuário, nenhuma queixa de assédio moral. Nosso passado em Campinas era passado, e mal falávamos dele.

Débora virou editora do caderno de cultura, você sabe, moça de família paulistana rica, ou melhor, milionária, herdeira com simplicidade, como parte da burguesia esclarecida que não ostenta. É daquelas que conhecem os membros do PIB brasileiro, frequentam as festas mais exclusivas, recebem convites para tudo e se envolvem em curadorias de feiras de livros a exposições. Era do conselho de museus, de duas editoras e da Bienal de Artes. Gostava de teatro e concertos. Sem contar que estava sempre em estreias de festivais de cinema e filmes relevantes e reveladores, claro, especialmente os de denúncia social. E, por incrível que pareça, superconectada com a vanguarda artística e de esquerda. Evaldo é novo-rico. Se foi o doidão que tomou ácido comigo no campus da faculdade, ficou obcecado por status e dinheiro. Débora é a enviada para representar o jornal em velórios, enterros e missas de figuras públicas. Provavelmente, era quem encomendava a coroa de flores da empresa.

Entramos e deparei com quadros de arte contemporânea brasileira nos corredores e paredes que, num leilão, pagariam toda a educação dos meus filhos, se eu os tivesse na época. Fomos os últimos a chegar. Na enorme sala, bebiam em pé, espalhados em cadeiras, sofás e poltronas. Na varanda, alguns fumavam cigarros e baseados. Todos pararam e vieram nos cumprimentar, curiosos por eu levar a primeira namorada depois da separação de Mariane, aquela que todos adoravam e com quem conviveram nos meus dez anos de casado. Sentiam a sua falta e se surpreenderam com a interrupção daquele amor que parecia duradouro, e mais ainda por eu já estar com uma nova namorada tão bonita e atlética. Uma jovenzinha! Eu era o pobretão daquela turma de editores, chefes, diretores, secretários de redação, colunistas, todos de confiança dos acionistas do grupo que controlava, entre outros negócios mais rentáveis e menos conflituosos, um que dava muito prestígio e chateação, o jornal. Eu era só o escritor de um sucesso apenas, que não fazia concessões, tinha me distanciado do gosto popular e talvez por isso estivesse falido — se o mercado me pedia uma autobiografia, eu escrevia um romance de ficção, se pedia uma ficção, eu escrevia contos, se me pedia mais contos, eu traduzia uma peça de teatro. Eu era colunista do jornal que eles estavam orgulhosos de tocar diariamente com uma particular pluralidade e, principalmente, liderança nas vendas: o "nosso jornal". Eu era um serviçal, e foi simbólico, quase um ato falho, que eu e a acompanhante entrássemos pela área de serviço.

Eram pessoas muito educadas, como toda a cúpula jornalística, que tem que lidar com os humores, reclamações e telefonemas de políticos, banqueiros, jogadores de futebol e diretores de teatro tratados como encenadores. O que me fazia suspeitar do que sentiam realmente, o que era opinião própria, vontade, e o que era etiqueta ou necessidade e estava escrito em manuais éticos e jornalísticos. Ninguém falava palavrão, gírias, colocavam o pronome pessoal corretamente, evitavam gerúndio, algo que me afligia, pois parecia que eu conversava com um congresso de linguistas e editores de dicionários.

Bibi era atriz de teatro que mais estudava do que atuava (fazia doutorado inclusive), e todos ali eram amantes de teatro, conheciam alguém do meio. Provavelmente a viram atuar sem se lembrarem exatamente dela, pois encenava em porões escuros e salas menores mal-iluminadas, e na sua peça de maior sucesso, a que ficou mais tempo em cartaz num teatro para mais de mil espectadores, estava tão maquiada que nem eu a reconheci. Ela aparecia nua numa fonte de ninfas, numa dessas produções de vanguarda que metem um monte de garotos e garotas nuas e as maquiam como fecundadoras da natureza, noivas eternas de deuses, amantes do deus grego Dioniso, cujo diretor é idolatrado por todos nós, apesar de rabugento. Só a reconheci no palco durante os aplausos, ou melhor, ovação — pois na estreia só vão familiares, namorados e puxa-sacos —, quando uma das ninfas me mandava beijinhos. Era ela, com pelos pubianos também pintados de dourado, atrás do elenco principal.

Ninguém comentou no pé do meu ouvido a diferença de idade, a beleza dramática, o jeito de caminhar de uma fada, a roupa apertada de uma super-heroína. Nem a diferença brutal de estilos da esposa anterior para a namorada atual: uma discreta, outra expansiva, uma preferia bastidores, a outra holofotes, uma de voz suave, outra, estridente, uma falava pouco, a nova era tagarela, tanto que falava por ela, por mim e por todo o elenco, imitando nossas vozes divertidamente. Fingiram que era absolutamente natural eu, tão *creepy*, inquieto, difícil de lidar e na bancarrota, namorar alguém tão doce, simpática, extrovertida, divertida, mais jovem e sexy, depois de uma dolorosa e dramática separação. Ainda mais naquele momento da vida em que minha autoestima estava tão baixa, mas tão baixa, que eu só mandava e-mails com o assunto: "Desculpe".

No pé do ouvido, me falaram que sentiam falta de Mariane, se não tinha jeito mesmo, que talvez fosse uma crise passageira, que casamento é cheio de altos e baixos. Até tentei voltar. Ela não quis. Falou que ia pensar com carinho e nunca me ligou de volta. Adoravam ela. Diziam ser a mulher ideal para mim. O que eu também achava. Em termos. Mariane estava em outra, tinha praticamente se casado com um austríaco de nariz enorme, mas que a entendia mais do que eu.

Todos ali, amigos de faculdade e jornal, viraram mães e pais há tempos, estavam grisalhos, quilos a mais e nos mesmos casamentos, enquanto fui descasado depois de dez anos de relação civil com Mariane, a cuja cerimônia com o juiz de paz eles compareceram. Eles eram o futuro que meus pais planejaram para mim. Eles eram o que o pacto social determinava a um homem e uma mulher. Eram o que não consegui ser.

Confesso que os invejei. Pela falta de empatia por chamar um time de empregados para fazer plantão num sábado à noite, em que poderiam estar ensaiando uma peça de teatro genial, ou assistindo a uma, por terem espaço no apartamento para a produção de um grande espetáculo teatral, com pé-direito em que caberia uma fonte com ninfas, por se comportarem como se fosse natural serem tão altruístas, terem tantos serviçais e estarem casados com namorados e namoradas da juventude, e eu flertando com uma jovem divertida, falante, animada, culta. E pela coleção de arte abstrata contemporânea. Eles tinham filhos, bom gosto artístico, e eu era um colunista popular na década anterior, autor precoce. Nunca tive cargo de chefia, e jamais conseguiria ter. Sou daqueles que preferem pedir demissão a ter que demitir alguém. Eu não era a ponte que ligava donos e acionistas aos leitores, figuras públicas aos furos. Eu não tinha que lidar com humores, reclamações e telefonemas de políticos, banqueiros, jogadores de futebol e diretores de vanguarda. Só com meus leitores, cúmplices das minhas elucubrações, achismos, paixões, neuras, ideias anárquicas e contraditórias e pânico proveniente de uma autoestima baixa.

Quando eu bebia entre eles, depois de um tempo, ligava a chavinha do escritor doidão e falava sem parar tudo o que vinha à cabeça, de uma maneira que eles não ousariam falar, mas adoravam escutar. Com gírias, palavrões e pronomes colocados coloquialmente de forma equivocada para os manuais, e jamais usava o pretérito imperfeito. Gerúndio eu evitava. Gerúndio é foda. Eu era o bobo da corte, porque, quando bebia, abria a metralhadora giratória, falava o que eles adorariam poder falar. A gente se gostava e se complementava. Amigo é para isso. No mais, eu estava descasado. Queriam ver como era a vida de um descasado quarentão. Pelos cantos, perguntavam:

— A vida de solteiro, como é?
— Conta detalhes.
— É melhor?
Desabafavam em segredo:
— Às vezes, também penso...
— Tá duro.
— Pelos filhos fazemos sacrifícios...

Eu os invejava, mas no fundo davam pistas de que me invejavam. Eu era livre, eles estavam presos a ajustes e pactos sociais. Até os acionistas os trocarem por alguém muito mais novo e mais barato. Eu sou livre, contraditório, posso ser incoerente. E sem horários. Eles têm pânico da demissão. Na real, todos se invejavam. Só Bibi não invejava ninguém.

O jantar estava incrível, infinitamente melhor que os PFS que eu comia, sanduíches em botecos ou parmegianas em padocas, tudo muito oleoso e salgado, feito sem nenhum capricho; o custo vale o custo. Muitos ali evitaram encher a cara, porque tinham reuniões cedo, compromissos sociais, iam dirigir. Eu me esbaldei. Misturei uísque com vinho branco. Gosto estranho. Num momento em que Bibi foi ao banheiro, Débora contou:

— Encontramos Lívia.

— Lívia. A minha Lívia?

— A sua Lívia — ela debochou.

Quase caí da cadeira.

— Ela está diferente.

— Minha irmã se casou com um executivo da Unilever e mora em Valinhos — Evaldo disse. Explicou que Lívia mora no mesmo condomínio, os filhos estudaram na mesma escola.

— Encontramos Lívia pelas ruas, na padoca, no super. Nos cumprimenta. Sempre foi muito educada — disse Débora.

— Como ela está?

— Em que sentido? — Débora perguntou. — Está bem. Bonitona.

— Teve três filhos — ele disse.

— Um virou uma. Mudou o nome social — corrigiu Débora. — Ela construiu com o marido uma casa incrível no final da rua. Muita madeira e vidro, com um jardim enorme ao estilo Burle Marx com laguinho. Tem bom gosto. A mãe dela colabora eventualmente pro jornal.

Bibi reapareceu. O assunto mudou. Decidimos partir. Fomos os últimos a sair, já que não tínhamos filhos, nem que madrugar.

— Ela parece legal — Débora disse sobre Bibi ao se despedir, como se fosse um hábito sua aprovação, como estrelas de avaliação de uma obra de arte resenhada no seu caderno cultural: uma para ruim, duas para razoável, três para legal, quatro para ótima. Como se eu quisesse saber sua opinião, ou a tivesse levado para isso.

— Bem interessante — Evaldo disse, economizando sua opinião, afinal "interessante" não queria dizer absolutamente nada, a não ser que era alguém diferente.

Se a aprovação de Débora não me faria diferença, a de Evaldo me interessava menos ainda. Amo meus amigos, mas a opinião deles sobre a minha vida amorosa tem a relevância de uma caspa num mamute. No mais, saí de lá de tanto mau humor que deixei meu carro onde estava. Chamamos um táxi. Dizer que ela parece legal ou interessante é como dizer "dirija com cuidado". É um gesto de etiqueta social, já que jamais diriam "ela não me parece nada legal", "ela é bem desinteressante", "dirija loucamente e capote". Tinham que falar algo e falaram algo protocolarmente gentil. Aliás, a todos. Sempre se despedem gentilmente. Nessa noite, eu e Bibi não trepamos. Nessa noite, não preguei o olho.

Fui feliz durante a relação com ela, atriz de teatro independente, muito talentosa mas pouco conhecida, que preferia os holofotes dos porões aos teatrões e jamais cairia na mesmice de fazer novela de TV para se popularizar. Amá-la era como um porre. Durante, era tudo alegria. Risadas, piadas, imitações. Porém, com o tempo, o efeito passava, a ressaca despertava e despertavam lembranças e frustrações do casamento desfeito com Mariane somadas à notícia de Lívia morando numa casa de bom gosto, com dois filhos e uma filha, com um homem mais velho. Meu luto pela separação e pelos términos não tinha fim.

O sexo com Bibi parecia uma performance teatral, o que me incomodava. Me pergunto se atrizes representam na cama como num palco, se absorvem a personagem "estou com tesão" e fazem caras e bocas quando na verdade estão desconcentradas. É problemático namorar atrizes e modelos, nunca saberemos se nossos olhos são tratados como lentes de uma câmera. No fundo, eu sentia falta da delicadeza, sutileza, discrição da circunspecta Mariane, fisioterapeuta que trepava como uma fisioterapeuta, para agradar o outro, resolver tensões, pensando no nosso bem.

Bibi era interessante e se queixava de estar sempre sem dinheiro, correndo atrás de bicos no mercado editorial, publicitário e locuções, eventos como modelo-vivo, dando aulas particulares, fazendo substituições em outras produções. Ela estava infeliz, o que me deixava infeliz. Ela estava incompleta, querendo uma transição. E o assunto vamos morar juntos, que em outros tempos era vamos juntar os trapos, uma forma menos compromissada de falar vamos nos casar e quem sabe ter filhos, e assim encontrar um sentido para a minha vida e a de uma mulher de trinta anos, passou a se tornar constante. Passamos a viver a fantasia de comercial de geladeira, e procuramos juntos um apartamento maior, com área social para crianças. Financiado, lógico. Talvez, ao testemunhar minha recém-adquirida dureza financeira, ela tenha se convencido de que a vida dela era uma roubada se ficasse no plano do teatro alternativo. Virou produtora de teatro alternativo, de teatro comercial, pejorativamente chamado de "teatrão", de comédias populares, e depois de grandes produções teatrais. Foi para os bastidores, depois para a bilheteria, depois para um grande escritório. Produziu musicais, desses que o público ama, importados da Broadway, readaptados até com as canções para a nossa língua, que ela traduzia, com a mesma coreografia, marcação e figurino dos originais. Seu astral melhorou. Mas Bibi simbolizava para mim dor, separação, luto, fracasso, divórcio, planos interrompidos, contrato desfeito e concessão artística. Ela encontrou seu caminho. Eu, não.

Até hoje é uma mulher maravilhosa, com quem eu deveria ter me casado e tido quatro filhos. Porém, terminamos o relacionamento exatamente quando troquei o antigo apartamento por um com área social para crianças, em que moraríamos juntos. Um que ela ajudou a escolher. Me mudei, mas ela não. Me deu algo e, como num filme francês, pulei fora do projeto casamento e disse que preferia morar só. Ficou incrédula, sofreu e foi fazer um aprimoramento na Broadway, pago por uma grande companhia de musicais. Me separar dela não me fez bem, pois o casamento de dez anos com Mariane virou reflexão rotineira, e Lívia, pesadelo. Bibi ao menos me tirava do surto do enlutado. Relembrei todos os momentos-chave com Mariane, que me acusou, aliás, na única vez em que fez acusações, aliás, nem foi acusação, mas um toque, uma observação de quem me amava, me conhecia a fundo e no fundo queria que eu evoluísse:

— Você é egoísta.

Como mudar, ou melhor, como não ser? Devo ser mais altruísta, desenvolver empatia. A isso devo me ater. Parece fácil. Como ser mais altruísta? A filosofia moderna enumerou: ser bom quando se pode é um dever; existem pessoas tão capacitadas para o altruísmo que, mesmo sem nenhuma vaidade ou interesse, experimentam grande satisfação com o contentamento do outro; fazemos o bem não por uma inclinação, mas por um dever. E confesso que achei que dava para me transformar enquanto estava com Bibi, que eu era outro, que tinha aprendido com a separação, só não sabia como, namoro que durou emocionantes e intensos dois anos. Como acabou? Um dia ela apareceu com essa:

— Atrasou.

— Atrasou o quê?

— Você sabe.

— Atrasou? Quantos dias?

— Meu corpo é um relógio.

— E agora?

— E agora?

Me deu pânico, em contraste com a enorme alegria nela. Nada daquilo estava nos meus planos. Não perguntei se ela queria ter. Tínhamos que esperar. Esperar o quê? Façamos o teste, não vamos esperar, eu não posso, não está nos planos, não estou preparado. Eu não disse nada disso, sorri amarelo, respirei fundo. Porém, ela percebeu, estava evidente meu desespero. Não festejei como um futuro pai, eu não estava no momento de repartir. Fomos naquela mesma noite à farmácia comprar todos os tipos de testes. Na volta, ela entrou no banheiro. Meu coração disparou. Andei pela casa, respirei fundo. Alarme falso. Seu desapontamento contrastou com meu sorriso de alívio. Por mais que eu disfarçasse, ficou claro que ali tinha dois projetos de vida distintos.

Acabou com Mariane porque sou egoísta e não quis morar no campo, mas na cidade (dois projetos distintos). Acabou com Bibi porque sou egoísta e quis morar sozinho no apê que escolhemos. Mas, como eu disse, sou o que sou, não o que finjo ser, muito menos o que querem que eu seja, defeito que me deixou perplexo, pobre e solitário. Posso mudar, aprender? Com gerações mais novas, que me mostrem caminhos de um novo jeito de ser homem, ou talvez realizado, ético, verdadeiro, mais altruísta? Espero que sim. Só saberei no meu leito de morte se abrir mão não é melhor do que teimar. E ao verme que primeiro roer as frias carnes do meu cadáver, dedicarei estas memórias de um homem em busca de um novo eu.

Eu e Bibi ficamos tempos distantes. Para complicar, numa crise do preço do papel, ou da subida do dólar, Débora me chamou para um happy hour com Evaldo. Como editora, ela recebia convites para os melhores restaurantes e bares de São Paulo, para degustar e se empanturrar. Fomos a um especialista em dry martínis. No terceiro drinque, ela foi ao banheiro e ele deu a notícia:

— Precisamos cortar gastos. Precisamos cortar suas colunas. Não serão semanais, mas quinzenais.

— E diminuir meu salário pela metade?

— Foi o jeito de não te demitirmos.

Claro que escolheu um lugar público para dar a notícia que constrange qualquer um cujo subordinado é um amigo de infância. Entornei o quarto drinque. Ela voltou.

— Você recebeu esta carta de Karen. — E Débora me passou um envelope grande. Minha correspondência com os leitores chegava via jornal. Recebia livros, convites. E cartas de Karen. Olhei o envelope com carinho. Ela se importa comigo. Sempre.

— Meu namoro com a Lívia não rolava muito bem — contei.

— O quê? — Evaldo perguntou.

— No sexo.

— Ela nos contou — disse Débora. — Na época. Numa das rodas feministas — e explicou ao marido. — Falou da dificuldade na penetração que uma amiga tinha. Perguntou se era comum, se tinha tratamento. Todas sacaram que estava falando dela.

— Você sabia?

— Desconfiei.

— A gente tolerava no começo. Mas aos poucos...
— Mas é tudo normal? — Evaldo surpreso.
— Ela sentia tesão? — Débora provocou. — Ela teve três filhos.
— Dois filhos e uma filha — corrigi.
Pedi um uísque ao garçom. Dry martíni é ok. Mas meu paladar é mais... pagão.
— Tínhamos brigado por conta de um mal-entendido com a amiga dela, a Maria — eu falei. — Naquela carona, lembram? O carro estava apertado. Rolou um lance. Lívia teve um ataque de ódio que eu nunca tinha visto. Anos antes, éramos crianças. De uma hora pra outra, na vida de um menino, uma menina, o corpo ganha um novo sentido, e a vida fica confusa, o desejo se torna caótico. Certos estão os indígenas que isolam adolescentes, impedem de sair da oca até aprenderem o novo significado da vida.
Bebi a dose. Outro uísque.
— Vocês saíram do carro, ela até cantou pneu. Eu não sabia o que fazer. Estava frustrado. Tomei banho, me deitei bêbado. Mas ela voltou. Eu estava deitado, nu, tonto, Lívia apareceu e subiu em cima de mim, sentou no meu peito, veio subindo, até encaixar as coxas nos meus ombros. Ofereceu. Lambi das coxas aos lábios, grudei suas pernas com meus braços. Ela se apoiou na cabeceira da cama, esfregou-se toda no meu nariz, no meu queixo, na minha boca. Lambi com carinho um pequeno ponto que fez ela se arrepiar, gemer. Ah, é aqui? Lambi mais com carinho, pra cima e pra baixo, girando a língua. Ela grudou as mãos na minha cabeça e puxou com força. Eu não conseguia respirar. Boca e nariz estavam esmagados entre ela. Empurrei. Respirei fundo. Ela subiu em cima de mim, tentou com a mão colocar dentro dela, fez força, ele não entrava, assim não vai rolar. Ela estava com muito tesão!

Tomei a outra dose. Olhei Débora. Acendi um cigarro.

— Aqui não pode fumar — ela disse.

Continuei fumando.

— Nos viramos. Fui com tudo, sem medo de ver ela sofrer, porque a culpa era minha, da minha tribo, dos nossos sacerdotes e ancestrais, e perdão você vai sofrer, vai sangrar, tabu meu não querer machucar, vou rasgar esta pele tão valorizada em culturas primitivas, vou te penetrar, e só vou parar se pedir para parar, se não, vou sem dó, eu não vou parar, eu vou te salvar, nos salvar. Deus está morto!

Evaldo pediu água para todos. Débora pediu a conta.

— Encaixado, forcei, não parei, forcei mais, tensionava, abri mais sua perna e empurrei com uma força descomunal, ela pulou, entrou, ela se contorceu de dor, abriu, rasgou, sangrou, sei que doía, forcei novamente, ela se contorceu mais, abriu mais as pernas, não entrava tudo, mas entrou o começo, estava tensa, apertada, e cada enfiada, um gemido de dor, um corpo enrijecido, e nenhuma expressão de prazer, de tesão, só de dor. E ela dizia: Não pare.

Evaldo pediu café. Débora, com pressa, foi pagar no caixa.

— Mais à noite, mais uma vez. Doía demais. Estava em carne viva. A pele. Precisaria cicatrizar. Quantos dias para cicatrizar? Não sei. Dormimos. Acordamos tarde. No dia seguinte, segunda tentativa. Ela segurava com as mãos, para direcionar de um jeito que não doesse, mas doía. Tomamos um banho. Relaxamos. Na terceira tentativa, fomos aprendendo, fugindo da dor. O prazer não vinha. Era incômodo para ambos. Apertada demais. "Para!", ela pedia. Não vi mudança alguma nela. Eu me senti mais homem tribal. Senti Lívia distante. Pensativa. Calada.

Débora pagou e chamou o táxi.

— Dezoito anos, aprendi a dirigir no Chevettinho dela, com ela, aprendi a amar, aprendi a conviver. Era um homem maduro. Um guerreiro. Fiquei inflado. Me esqueci apenas de uma coisa, do fundamental: olhar para ela. Fazíamos sexo em diversas posições. Confesso que não me lembro de vê-la sentir prazer na penetração. Talvez sentisse. Mas eu não estava focado. Era eu e minha missão. Ela gostava de ficar de quatro. Sempre queria de quatro. Não precisava me encarar, assim vejo hoje.

— O táxi chegou, vamos? — Débora disse. Evaldo se levantou. Continuei sentado.

— Enfim, num dia, consegui penetrar tudo, sentir dentro dela, sem pulos de dor, tropeços, foi a primeira vez que, do começo ao fim, ela não reclamou de dor, enfiei tudo nela, conseguimos, e fui até gozar dentro. Se uma pessoa que você ama muito diz que vocês não devem mais ficar juntos é porque não devem mesmo, afinal ela te ama e sabe de coisas que você desconhece, guarda segredos e quer o seu bem. Se rolar dúvida, um dos dois ama mais a si mesmo do que ao outro, a quem deveria respeitar e desejar o bem. Se um lado insiste obcecado, não se conforma, pega no pé, persegue, não ama nem o outro nem a si mesmo. Nesse dia, no dia em que gozei dentro dela, era meu aniversário de dezenove anos. Ela terminou o namoro.

Procurei Bibi ao sair de lá, desesperado. Queria reatar. Queria ela. Queria filhos com ela. Onde eu estava com a cabeça? Sou um equívoco. Estou cego por um passado que não consigo enterrar. Me ajude!

Tarde demais. Em seis meses estagiando em Nova York, Bibi tinha se juntado com um americano. Queria estar no lugar dele. Esse arrependimento me aflige até hoje. Bibi traiu a classe, foi ganhar dinheiro, largou a vanguarda, partiu para franquias da Broadway que lotavam em São Paulo. Foi quando passei a chorar com Radiohead a todo volume e planejar me enfiar com minha minivan numa velocidade alta contra um poste, ouvindo *Creep*. Eu iria dessa para outra, que alguns dizem melhor, tudo isso em três anos, a separação da primeira mulher, Mariane, fisioterapeuta que virou sitiante na Áustria, o namoro com Bibi, a atriz biker que virou produtora de musicais em São Paulo, para onde trouxe o novo marido. E Lívia molestando a memória.

Que coisas eu deveria ter feito para as coisas terem dado certo entre nós, Lívia, Mariane? Mas será que eu queria que tivessem dado certo, Bibi? Qualquer indivíduo que não está bem chora com Radiohead, das bandas mais desesperançadas que existem. Mas comecei a chorar com Coldplay. Chorava ouvindo Nando Reis, Marisa Monte, Cartola. Ou era a vida que estava me derretendo? Passei a tomar, sob prescrição médica, oxalato de escitalopram, antidepressivo conhecido como Lexapro. O problema não era com elas.

3. O pensador

Minha história com Lívia não teve um ponto-final. Rolou o reencontro. O que narro foi como foi, ou vi, não sei se foi como ela viveu. Como foi? Me lembro de cada detalhe, com a precisão de um controlador de voo. Ganhei uma bolsa para passar o ano letivo do hemisfério Norte em Stanford, universidade da Califórnia. Quem me indicou? Karen Borg, a mamãe. No envelope que me enviou ao jornal, estavam uma carta carinhosa, saudosa, com os formulários de aplicação, um livro de René Girard e a garantia de alguns pauzinhos mexidos. Ela me sugeriu a bolsa que eu nem conhecia. Isso é amor no dia em que Evaldo cortou minha coluna. Sincronicidade.

Pedi um sabático não remunerado, deixei o apê novo, meu carro velho, meu gato Itamar com dois amigos recém-separados e me mandei. Eu precisava dar um tempo fora. Fui para San Francisco fazer um curso com o filósofo crítico Girard, que mesmo próximo dos setenta anos dava aulas empolgado para a graduação e a pós e atendia pesquisadores, *visiting professors*, eternos orientandos e alguns asseclas. Em troca, eu daria aulas sobre literatura brasileira contemporânea no departamento. Moleza. Indicaria um livro por semana, a começar por Rubem Fonseca, e pronto. Leríamos juntos e debateríamos. Girard me aceitou por conta da carta da colega acadêmica dra. Karen Borg e um detalhe peculiar no meu currículo: ser brasileiro. O filósofo historiador e biógrafo esteve no Brasil na década de 1980, passou um tempo na Universidade Metodista de Piracicaba, fez amizades na Unicamp e viu em mim a chance de relembrar os amigos brasileiros em longos cafés, fumando como um bom francês, praticando a tosse e um tosco português, conversando intimamente, como se tivéssemos afinidades e segredos que latinos sabem dividir, para a inveja de alunos do mundo todo que queriam atenção e também o estudavam, especialmente Carol e Susan, duas de suas jovens discípulas e assistentes. Depois de histórias e baforadas, em que Girard falava de tudo, menos de literatura, filosofia ou etnologia, ele demonstrava uma saudade incurável da infância na França, se calava e ficava pensativo, com um ar triste. Dei aulas para oito alunos. Mas dei muitas palestras e mediei debates, inclusive para eventos da comunidade de brasileiros da Bay Area.

O ano voou. Minha estadia lá voou. Estudantes empacotavam suas coisas. Eu, idem. O verão chegou. E recebi a proposta inusitada de morar mais dois anos nos Estados Unidos para dar aulas de português em Berkeley, universidade estadual do outro lado da baía, ao norte de San Francisco, mais astral, mais diversa, menos elitista. Me descobriram na vizinhança e rolou a vaga. O salário era o dobro da bolsa. Teria uma casinha para morar na cidade, que é um tremendo charme, com cara de cidade.

Me deu insônia e crise de ansiedade só de pensar em reentrar no Brasil. Depois de um pesadelo, em que parecia que eu tinha desembarcado numa ilha cheia de zumbis, onde sobreviventes andavam armados, irritados, estúpidos, evitando uns aos outros, torturando e queimando tudo ao redor, aceitei a oferta. Me mudaria para quarenta milhas dali, para a cidade com uma baita vista para San Francisco, com uma qualidade de vida invejável: a primeira cidade a se adaptar para cadeirantes, a primeira a ter sinais nas esquinas para cegos, a primeira a ser autossustentável energeticamente, reciclar lixo, ter fibra óptica, internet, berço dos hippies, movimentos civis, gays, Panteras Negras, e com menos esquilos. Seria professor contratado da universidade cujos cientistas se enfurnaram em Los Alamos, Novo México, e inventaram a bomba atômica. Passaria o verão me adaptando, viajando de moto pela Califórnia e Nevada, e começaria no início do ano letivo, setembro. Projeto de vida desenhado.

No último dia de aula de Stanford, Girard me convidou para um café. Passei pelo *O pensador*. A universidade se gaba de ter duzentas esculturas de Rodin espalhadas ao ar livre. Durante o ano em que morei lá, cruzava diariamente com a escultura de bronze de uma tonelada que ficava entre as bibliotecas, no caminho do meu quarto e sala para o departamento de Letras. Nos primeiros dias, a estátua causava um frisson. Era dos poucos originais do escultor, assim, ao relento, ou melhor, sob sol, chuva, fog, tremores e terremotos, como Loma Prieta de 1989, 7.1 na escala Richter, fungos e esquilos, que fazem túneis embaixo e nada mais são do que ratos fofinhos e peludos. A estátua pensava, pensava, pensava, enquanto diariamente turistas a observavam imóvel. O que tanto pensava? Depois de um tempo, a estátua ganhava a relevância de um hidrante.

Decidi dessa vez parar e ouvir o que dizia a guia turística a uma dezena de curiosos diante d'*O pensador*. Ela disse algo que surpreendeu. Depois de expor por que a estátua estava diante da biblioteca e de costas para ela, casa de tanto saber, perguntou se reparamos em algo estranho. Ninguém tinha reparado. Eu nunca, nas centenas de vezes em que passei por ali sob sol, chuva, de dia, de noite, bêbado, com pressa, distraído ou atento. É apenas uma figura de bronze enorme, pensando com a mão no queixo. O cara musculoso pensando infinitamente, persistente, pensa logo existe, não? Uma menina de uns seis anos disse ao acaso:

— Ele tá apoiado no joelho errado.

A guia abriu um sorriso enorme.

— Repeat, darling, please... — pediu.

A timidez venceu a menina, que se escondeu atrás das pernas dos pais, como se tivesse feito uma travessura. A guia repetiu, em voz alta, para todos ouvirem:

— Ele está apoiado no joelho errado, numa posição extremamente desconfortável.

Erguemos em bloco a cabeça e miramos os cotovelos e joelhos da grande estátua. Sim. Estranho. A mão no queixo, ok. O braço dobrado, ok. Mas o cotovelo direito não estava apoiado no joelho direito, como seria natural, mas no joelho esquerdo! Automaticamente, todos se entortaram, alguns se agacharam e tentaram imitar a posição. Quase impossível. É preciso hiperestender o deltoide, relaxar o tríceps, para conseguir, sentado, apoiar-se daquela maneira. E *O pensador* está naquela posição há mais de cento e quarenta anos! O supraespinhal forçando o manguito rotador...

— O que o artista quis dizer? — perguntou a guia.

O quê? Experiente, ela manteve o timing perfeito, congelou a expressão como uma estátua. Estávamos inquietos, curiosos, diante daquela cara estúpida de interrogação. Enfim a monitora sorriu e anunciou:

— Pensar requer esforço, raciocinar é um desgaste também físico, pode trazer sofrimento, dor, a humanidade passou por muitos traumas para chegar aonde estamos, filósofos se contradisseram, um movimento artístico negou o anterior, a humanidade não dá um passo sem a sabedoria e a memória.

A essa altura, com raiva de ter cruzado aquela escultura mítica tantas vezes sem reparar em algo tão óbvio, não tirei os olhos dela, examinei o dorso, o quadril, as costelas à mostra, o braço esquerdo apoiado naturalmente e o direito completamente tensionado. A arte está nos detalhes. Pensar requer esforço, raciocinar é um desgaste também físico, pode trazer sofrimento, dor. É o que não paro de fazer.

Entrei no centro de convivência, atravessei o restaurante, comprei dois cafés. Cruzei o pátio, para a mesa de ferro vermelha na única ala em que ainda se fumava, distante da convivência. Joguei a mochila na mesa de plástico que imita vidro. Pousei a mão no ombro de Girard:

— Melhor você fumar! — ele disse.

Dei a ele um copo de papelão de café. Acendeu um cigarro, me passou um. Me entregou uma carta enviada ao departamento. Em meu nome. Minha mão tremeu. Não abri, acendi o cigarro. Girard falou da ponte de Avignon, cidade em que nasceu, que era destruída e reconstruída, sucessivamente, havia séculos. Como somos teimosos, disse. E cantou a música infantil:

Sur le pont d'Avignon, on y danse, on y danse.

Carta: aquele meio de enviar mensagens que se praticava no milênio anterior. Carta = papel + envelope + selo + remetente + destinatário + lacre + cola + letras à mão ou não + carimbos que contam novidades, restabelecem contatos, sanam dúvidas e mal-entendidos, pedem conselhos, trazem desabafos, pedem dinheiro. Na terra da primeira universidade a receber um e-mail, vindo da universidade do sul da Califórnia, via um modem do tamanho de uma geladeira, na região das *big techs*, recebi um envelope em verde e amarelo na borda, uma carta selada que poderia, como uma bomba atômica, detonar os sentimentos mais radioativos. Ao abrir, descobri não uma carta, mas um comunicado. Como em muitos comunicados protocolares, convites de casamento, batizados, agradecimentos posteriores formais, que seguem uma etiqueta e, também, informes sobre a morte de um parente, o meio da mensagem é uma carta. Ela ignorou redes sociais, nem digitou um número telefônico. Sentou numa mesa onde quer que estivesse, ou quem sabe usou o escritório de mamãe, no apê de que conheci cada canto, descobriu onde eu morava, escreveu e mandou. O selo? Uma ponte estaiada.

Mocinho,
    É com grande tristeza que comunico a você o falecimento de Karen Borg, a quem chamávamos carinhosamente de Kaká, com quem convivemos em harmonia por anos felizes. Ela nos deixou, mas estará conosco na memória, nas saudades, com sua lição de vida, como a grande mulher que foi. Agradecemos a todos aqueles que compareceram ao velório, ao enterro e à missa de sétimo dia. Que a paz se faça presente.
                                               L.

Que a paz se faça presente, estará conosco na memória, lição de vida... Cada vez que relia a carta, ou melhor, a nota de falecimento cerimonial, relembrava o tamanho do amor que sentia por ela. Até para anunciar a morte da mãe, que amei durante os primeiros anos da Unicamp, que me levou a percorrer os labirintos do intrincado xadrez do meio acadêmico, que me deu dicas e me indicou bolsas como aquela, um ano antes, a formalidade de Lívia me intrigava, como ela me intrigou há anos ao me dispensar num inconsequente, irresponsável, inexplicável e insensível pé na bunda, e que agora ressurge das cinzas com uma... carta!

Me lembrava sempre do quanto "esta mocinha" me fez sorrir, gozar e sofrer, quando tínhamos dezoito anos, e me fez sofrer depois, no meu aniversário de dezenove anos, triturando minha autoestima, me atolando na lama da insegurança. Pensei se fazia algum sentido ela reaparecer agora, nesse momento xis da vida, em que eu estava justamente planejando um futuro perfeito.

Traguei o cigarro com força, o que não fazia há meses, esperando que ele ajudasse no próximo lance. Esquecer? Responder cobrando decisões tomadas nos primeiros anos da faculdade, cobrar ou, como fiz na época, ignorar? Se eu respondesse, seria formal, texto que demoraria uma semana para elaborar, num envelope com o timbre da Universidade da Califórnia, seca, quente de dia, fria de noite, isolada e afastada como a Unicamp. Me deu saudades da simplicidade e amor de Bibi. Como pude fugir de uma mulher como aquela...?

Mas o que me aterrorizou é que até hoje calculo seus gestos. Kaká morreu. A querida Kaká morreu! Mas hoje, ATÉ HOJE, quero entender as entrelinhas da sua filha. Até hoje, ATÉ HOJE, me importo com ela. Faz anos! Que nada. Até hoje, ATÉ HOJE, no dia em que eu soube que minha grande mentora morreu, eu não a perdoo por ter rompido o namoro adolescente em que ambos perdemos a virgindade, e AINDA HOJE imagino que ela deveria se arrepender do pé na bunda emocionalmente violentíssimo, dado sem dó, sem preparo, na fervura dos dezoito anos, com um resumido e chocante Me deixe em paz!

Quem pede para ser deixada em paz na verdade quer guerra, quer o rompimento do front, a tropa deixando a trincheira ao ataque, o rompimento do cerco, dos suprimentos ou certezas? Então descobri uma coisa. Uma luz clareou anos de uma perda de tempo sem tamanho. Resolvi um trauma.

Solucionei uma trama. Uma coisa banal. Lívia Borg na cabeça, concluí é simples assim, você não soube me amar.

Depois de fumar até o filtro, há um ano longe do Brasil, fiquei com raiva, com pena de mim mesmo. E raiva por Kaká ter morrido. Inconsolado por uma carta ter ressuscitado tanto amor. Amor e ódio por Lívia. Por que tinha que reaparecer? Mostrei a Girard. Me parece que ele sabia da notícia. Baixou os olhos tristemente. Nossa amiga morreu. Girard, o maior crítico etnólogo e literário do meio acadêmico, pegou na minha mão.

Sur le pont d'Avignon, on y danse, tout en rond

Bebeu seu café. Fumou. Prestes a se aposentar, sabia que seus dias ali também estavam contados, que não teria mais forças para caminhar por aquele campus ensolarado, eletrizante, que cheira a mato seco, pinhas, com árvores tomadas por esquilos. Fiquei tocado: como um intelectual daquela dimensão, que viveu de tudo, guerras e revoluções, tem ainda a fragilidade emocional de um menino... Me lembra aqueles documentários de guerras, em que veteranos choram quando falam de batalhas ocorridas há cinquenta anos e da perda de um soldado amigo.

Imaginei Lívia entrando naquele escritório que, desde a infância, estava do mesmo jeito: tapetes persas gastos e grossos, paredes forradas por estantes abarrotadas, uma cortina nunca lavada, uma mesa entulhada de apostilas, teses encadernadas, algumas com capa, lacradas, um computador ultrapassado, com tela e teclado imundos, ácaro e mofo em toda parte, agendas telefônicas, um aparelho telefônico antigo e um fax obsoleto.

Quantas vezes ela criança rolou naquele chão, desenhou, rasgou e rabiscou páginas de livros, brincou de secretária com a irmã, de consultório, desfilou, dançou, templo sagrado em que mamãe se trancava, às vezes bebia sozinha, às vezes bebia demais, eventualmente até dormia de luz acesa, mamãe presa em seus delírios literários, declamando trechos de livros em inglês, francês, alemão. A mãe era infeliz, a filha sabia, mas não podia fazer nada, ninguém podia, a mãe não pertencia àquela cobertura gigante, àquele mundo, àquela família, vivia a beleza das narrativas, da imaginação e estilo dos autores que lia, e depois de se envolver pelas palavras que a tocavam tinha que viver o mundo real, o mundo de mãe, esposa de um empreiteiro, professora, mulher. Por que foi se casar com um engenheiro? O que viu nele? Por que foi ter três filhos, se não estava disposta a esse papel? Sua infelicidade tinha um culpado, ou melhor, uma: ela mesma.

Desde o enterro, Lívia sabia que ela, e mais ninguém, tinha que dar um jeito naquela papelada. Há dias que ela entrava naquele apartamento, via seu pai desolado na poltrona da sala, com uma revista de palavras cruzadas intacta no colo, via e sacava que agora era ela quem teria que cuidar dele, velho desamparado, e da casa, se livrar da papelada sem sentido para eles, espaço entulhado de pastas e recortes de jornal.

Ela sentou diante da mesa que mamãe herdou da vovó, que está naquela família há mais de um século, viu extratos, bilhetes, rabiscos, e leu cartas, telegramas de condolências, muitos do exterior. Como mamãe tinha prestígio...

— Vamos responder todas? — perguntou Lauro, o temporão, atual cirurgião plástico, conservador de direita, orgulho do papai, decepção da mamãe, que veio xeretar.

— Não sei como funciona.

— Dá uma busca. Tem um texto-padrão. Deve ter.

Lauro não estava interessado em perder tempo com a pós-produção de um evento significativo como a morte da mãe, com quem tinha muitas desavenças políticas. Tinha sua clínica. Cirurgias agendadas. Mamãe já morreu, ora. Responder àquela tralha não ia mudar nada.

— Mamãe não merecia um texto mais elaborado, pessoal? — ela argumentou.

— Você sabe escrever? Nem eu. Para isso existem padrões.

Ela encostou na mesa e desistiu de ligar aquele computador, que nem sabia se funcionava ainda, cujo teclado estava tomado por manchas de café, uísque, vodca, migalhas de alguma coisa que um dia foi um pão.

— Olha só... — ele tirou de dentro da gaveta e mostrou.

Uma foto castigada por anos. Karen e o antigo namorado da Unicamp de Lívia, seu primeiro namorado, seu primeiro homem. Mamãe dançando com ele, ali mesmo, naquela casa, numa pose estranha, como um tango, mas não grudados. Há uma distância respeitosa entre eles.

— Ele sempre dançava diferente.

Foto que ela, Lívia, tirou, e que nunca tinha visto; a mãe revelara e guardara com carinho na mesa do seu escritório, na primeira gaveta. Tinha um clipe. Embaixo, outra foto mais recente. Eu e Gerard abraçados mandando lembranças de Stanford. Com logo de Stanford, ao fundo o prédio do departamento de Letras. No verso, estava escrito:

To the beloved teacher in the world, missing you.

Mamãe era quem dava notícias: que seu namorado do primeiro ano da faculdade tinha se formado na USP, que escreveu livros. Ela dizia: Viu que ele tem uma coluna no jornal, olha aqui, é no caderno de literatura. Ele tem um blog, está lá na

TV, debatendo, leia o livro que lançou, é importantíssimo, que fofo, me mandou uma cópia autografada e me citou na coluna, olha lá ele na TV, querida, está vendo, naquele programa de debates, está de barba, como ele se sai bem, é inteligente... Liga lá, ele não sai desse canal, ele fala de tudo com fluência, que menino...

Mãe, faz o que você quiser, sei lá por que desisti dele, eu tinha dezoito anos, ia ficar com ele pro resto da vida? Namoros não acabam quando temos dezoito anos? Namorei outros, normal. Casei, te dei netos, e você fica relembrando o menino que namorei? Durante anos, décadas, a mãe a irritava ao sugerir o quanto ela havia perdido por ter trocado seu melhor aluno por outros caras, por ter se casado com um professor vinte anos mais velho. E por que Karen fazia questão de, sempre, questionar os rumos que a filha tinha tomado, por que duvidar de seus relacionamentos amorosos, seu noivado, casamento, suas opções? Parece evidente. Que inferno, uma mãe sempre deseja algo para a filha que não é o que a própria deseja, e a atormenta nos possíveis fracassos, faz desdém nos sucessos. A mãe transferia para a filha a opção errada que ela fizera quando era uma jovem estudante de letras e conheceu o charmoso e sedutor estudante de engenharia, papai.

Lívia educou seus três filhos fugindo de traumas da relação com a mãe, que nunca a aceitou como ela era, NUNCA, nunca aceitou como os filhos eram, nem como papai empreitava, obrigado a corromper o mundo político para abrir as portas para sua construtora campineira, mais fraca que as outras, sempre em desvantagem em concorrências. Lívia apoiou os filhos até demais, especialmente nas decisões que fugiam do padrão, quase os mimou, deve ter mimado, para compensar a falta de apoio em TUDO, compensar a frustração de Karen ter criado uma filha louca, irresponsável, perdida, outra FÚTIL, engenheira como o pai, e um playba médico que só pensava em GRANA. Sim, Lívia fez tudo diferente. Quando no ensino médio seus filhos planejavam o que prestar, ela palpitava. Filhinho, você quer fazer teatro, mas faculdade ou curso profissionalizante? Você quer ser chamada agora de filhinha? Mudou seu nome social? É outro, agora? Sofia? Bonito... E com o filho, agora filha, pesquisava e se surpreendia, olha, tem teatro na USP, na Unicamp, tem escolas de teatro, cursos profissionalizantes, para ser ator, digo atriz, você precisa ser profissional, veja, DRT, um registro, mas você quer ser atriz, diretora, fazer figurino, filha? A vida de atriz não é nada fácil, e novela, você faria? Mas se é isso que você quer, amor... Claro, queridinho, você pode ir nesse festival de rock no deserto da Califórnia, você vai com seus amiguinhos? É frio, distante, para irem de carro. Mas se é isso que você quer... Meu anjinho, você quer aprender coreano porque seu melhor amiguinho de classe é coreano, não é melhor aprender uma língua mais útil, tipo, inglês? Mas se é isso que você quer... Tá, vamos ver onde se ensina coreano. Pensando bem, a Coreia hoje é uma potência econômica, maior fabricante de carros, navios, eletrônicos. Fazem ótimos filmes.

Lívia viu o irmão segurar o pai. Ele estava todo mijado. Mijou ali mesmo, perdido em lembranças na poltrona em que ultimamente fazia palavras cruzadas quando a mulher, no escritório vizinho, passava o dia no telefone, falando com o mundo, bebendo uisquinho que, dizia, não fazia mal, vodca, que nem deixa hálito. Ele nem sentiu a bexiga se esvaziar, o líquido quente fluir pela uretra, sem o represamento do esfíncter. Com o relaxamento do assoalho pélvico, a urina empapou a calça, a almofada, escorreu por sua perna esquerda, ele mijou e não percebeu que mijou, mijou bastante até, e continuou imóvel, sem se importar com o molhado, ou sem sentir.

Lívia sabia que ali era Lauro quem tinha que tomar providências. Médico, homem, era Lauro quem tinha que levantar o pai, ajudá-lo a caminhar até o banheiro, dar banho, escolher a roupa, seria muito humilhante para o pai se a filha, Livinha, Lilizinha, tão paparicada por ele, engenheira como ele, orgulho do papai, o visse naquele estado, especialmente nesses dias, em que em choque não conseguia contabilizar o sofrimento pela perda da mulher com quem conviveu por mais de cinquenta anos! Lívia viu Lauro levantar o pai, que caminhou se arrastando, deixando um rastro de mijo. Pegou seu laptop e começou.

Oi, mocinho...

Quanto tempo, né? Tenho uma notícia muito triste pra te dar. Se é que você já não soube.

Estou agora naquele escritório da mamãe. Sentada naquela mesa. Lembra dela? Daqui tenho a visão de toda a sala e do sofá. Nossa, como nos pegamos naquele sofá. Deve ser o mesmo forro. Parece ontem, mas te vejo nele sentado, me esperando, com uma cara sorridente. Eu como sempre ia checar se a porta do corredor estava fechada, vinha e me jogava em cima de você. Com dezoito anos a gente faz coisas sem medir. Lembra que a gente se agarrava no elevador, eu apertava o Emergência e te atacava... Hoje em dia, com as câmeras, casais não namoram mais no elevador. Vejo o sofá em que a gente namorou apaixonado, em que eu tentava sempre avançar mais, cada vez mais, e você deixava, como eu era safada. Até eu pedir para você transar comigo. Você me amando na sala da minha casa, enquanto meus pais dormiam, eu na sua casa, com seus amigos acordados. É o mesmo forro! Como eu era...

Lívia parou. Como eu era apaixonada? Era apaixonada? Ele tinha dezoito, eu tinha dezoito anos. Quando fiz dezenove, fez dezenove dias depois, brigamos, ninguém é assim apaixonado nessa idade, criança não sabe nada, eu pensava só em mim, na minha vida, não nos outros, o que estou escrevendo? Devo contar que me casei, tenho três filhos já na faculdade, uma, a mais velha, Sofia, que faz faculdade de teatro na Unicamp, e os garotos, um estudando ADM, e outro acabou de entrar na Filosofia, adivinha onde, sim, também na Unicamp, a quem será que puxou? Sabia que me casei com meu professor da Engenharia? Sabia que ele, meu marido, não sei se ainda posso chamar de marido? Dois ou três anos sem a gente se encostar? Perdi a conta. O que estou escrevendo? Te chamei de "mocinho", como te chamava antes. Nem deve se lembrar que eu te chamava de mocinho. Minha mãe morreu, e estou aqui pensando que eu e meu marido viramos dois desconhecidos dentro de casa. Antes fôssemos inimigos. Estou me abrindo para o garoto que me teve pela primeira vez que meu esposo não me procura mais quando deveria falar do falecimento da sua querida Karen?! O que está acontecendo comigo? Vocês todos têm razão, sempre fui autocentrada assim?! Até meu altruísmo, minha dedicação aos filhos, é uma forma evidente de provar o meu egoísmo, sim, claro, porque sou tão narcisista que quis a fama da mãe perfeita, quis ser o que você, mamãe, nunca fez questão de ser, quis, no fundo, mostrar para você que sou melhor que você, melhor filha, melhor mãe, melhor esposa, apesar de há dois ou três ou quatro anos não ter aquele meu marido comigo. Meu ego ultrapassa as fronteiras da lógica. Eu não quis ganhar dinheiro, ser rica! Mas quis ter três filhos, não dois, incentivar aulas de teatro, de coreano, mas se é isso que você quer... Mimei? É o drama de toda mãe. Limite ou mimar?

Mimei. Fiz tudo o que eles queriam. Só para me diferenciar de você. Que merda de mãe eu sou! Estou exausta.

Lívia largou o papel, rasgou em pedaços e começou a chorar tudo o que não chorou quando sua mãe foi internada por cirrose na UTI, quando o irmão avisou que acharam metástase no fígado, na semana que durou o calvário, até a morte rápida. Chorou ali o que não chorou no velório, no enterro, na missa. Aproveitou enfim que estava sozinha e desabou. Estou estressada, cansada, só, mocinho, muito só! Sentada agora no nosso sofá. Vendo o mijo do meu pai pelo chão. O que eu faço, mocinho? Você está tão longe...

Se levantou, foi até a despensa, voltou com um esfregão, detergente, limpou o chão sujo. Que bosta que é a minha vida! Limpou aos prantos. Ao ponto de não saber mais o que era mijo ou lágrimas.

Carol e Susan se aproximaram, trouxeram muffins, sentaram, falaram. Não me acostumo com muffins, criação pouco prática: bolo seco que comem de manhã, no almoço, no café e se esfarela na mão. Se juntaram conosco no cigarro. Começaram a falar da conversão ao cristianismo do ex-ateu René Girard. Depois de estudar de tudo, ele virou a página, mergulhou na Bíblia, nos textos apócrifos e no Antigo Testamento, defendeu que o cristianismo foi a primeira religião que conseguiu amenizar a violência exatamente pela crucificação. O homem em si não é violento, o coletivo é que o transforma num. Diante dos algozes, Cristo nos ensinou a oferecer a outra face, para enfraquecer inimigos. Nada de sangue, violência ou vingança. O amor, a morte, a cruz interrompem o ciclo de violência. O cristianismo nos diz que a humanidade produz vítimas únicas, e a crucificação, estranhamente, pacifica.

Todo acadêmico tem seguidores. A teoria acadêmica se assemelha à religião. No fundo, o ser humano sempre precisa de alguém para invejar e seguir. Durante muito tempo, fui seguidor de Karen, especialmente depois de conhecer, me apaixonar e amar sua filha. Conhecer a mãe para conhecer mais profundamente a filha. Aprender com a mãe para viver com a filha. Como num romance inglês do século XVIII. Carol e Susan eram esforçadas, educadas, pra lá de gentis e geniais. Elas que, além de seguirem Girard como devotas, anotavam para a posteridade seus pensamentos. Viviam aquele momento-chave da vida: fim do ano letivo, férias ao alcance das mãos, em que é chegada a oportunidade de relaxar. Verão! Americanos pagam caro suas universidades. Durante o ano letivo, sacrificam a vida pessoal, racham de estudar. Gastam fortunas economizadas por seus pais por toda a vida, que deram duro e passaram um perrengue para as duas estarem ali. E, se não tomassem cuidado, ficariam por lá a vida toda, como *O pensador*. No verão, se esbaldam.

Eu não tomo bala. Não cheiro. Parei com a maconha. Tomo Bourbon. Eventualmente fumo cigarro. Vivo sozinho em meu apê. Naquele calor e secura, elas de saia, eu de bermudas, dando as boas-vindas ao verão, decidi beber com elas até cair. Como se eu estivesse na minha república de Campinas. Queria uma droga alucinógena. Queria dançar como uma girafa com um prego. Queria beijar todos nos escombros de um prédio em construção. Não quero ficar sozinho hoje. Sei, na minha casa não pode fumar, mas que se dane, vou embora mesmo. Vou fumar, não serei expulso, nem levarei a multa de novecentos dólares por ter fumado. Vou comprar um maço!

Lívia tomava um café na cozinha, que ela mesma passou. O irmão foi até a cafeteira, sentiu o cheiro e se serviu. Ele checou a geladeira, começou a cheirar potes e a jogar comida estragada fora. Abriu o freezer e achou uma garrafa de vodca. Mostrou para a irmã, que lamentou desapontada, esvaziou na pia e jogou a garrafa no lixo. O alcoolismo da mãe era algo que entristecia a família. Nunca admitido. Só bebo socialmente, cansaram de escutar. Cuidem de suas vidas, escutavam, quando sugeriam tratamento. Vocês são muito caretas, a mãe dizia, invertendo o estigma geracional.

Talvez Kaká tivesse razão. Eram caretas perto dela. Qualquer um era careta perto dela. Ela estava lá, nos 1960, combatendo, marchou, viu o circo pegar fogo, colegas pegaram em armas, revolucionários, subversivos, marginais, debateu com colegas filmes de Buñuel, Godard, Truffaut, Antonioni, Fellini, Cinema Novo, os mesmos que vi na adolescência. Depois daquela década, tudo o que veio era de uma caretice enorme, dizia.

— O que nós vamos fazer com ele? — perguntou Lauro.

Na melhor tática de quem não tem ideia de como responder, ela simplesmente devolveu:

— O que propõe?

— Essa incontinência é novidade.

— Todo velho tem. Não sei nem se é grave assim. Ele está abalado.

— É num trauma psicológico que a doença mental aparece nos velhos. Sabe da porcentagem de pessoas com mais de setenta anos que têm demência? O que você está fazendo? — ele perguntou, se aproximou e viu as fotos do namorado aos dezoito anos, e agora com um velho ao lado.

Ela googlou, eu em fotos numa palestra, autografando um livro numa livraria, mais palestras. Não reconheceu de imediato. Inclinou a cabeça para ler no cabeçalho do site de buscas. O antigo namorado.

— O que deu em você?

— Está sugerindo que papai pode ter algum mal? Calma. Ele só perdeu a babá dele. Babá, cozinheira, animadora. E o sustento da casa, já que era ela quem ultimamente botava dinheiro aqui.

Lauro bebeu do café e apontou para a tela:

— Ele envelheceu.

— Todos nós.

— Você vai escrever? Já deve saber da morte da mamãe.

— Não sei, não. Aqui diz que ele está em Stanford, na Califórnia. Se eu enviar uma notificação, será que chega?

— Sei lá. Notificação? Você está enviando notificações?

— Mamãe gostava tanto dele...

— Lívia. Pra que isso a essa altura da vida?

Ela tomou o café. O irmão olhou o site.

— Eu não gostava muito dele. Me assustava — ele disse.

Ela se levantou para lavar a xícara e disse, mais para si do que para o irmão:

— Não sei o que está acontecendo comigo.

Girard comunicou que iria se recolher. As meninas não comunicaram nada e ficaram. Falamos de relações passadas, das atuais. Contei da primeira namorada, Lívia, e do trauma que sofri quando levei o fora. Trauma porque me achava no direito de amar e ser amado para o resto da vida, aproveitar noites e noites de um amor imenso, que ela foi ter com outros. O que eu fiz de errado? foi a pergunta que moldou todos os meus relacionamentos. Elas me acusaram de machista, que eu não tinha direitos sobre elas. Falamos do machismo latino-

-americano. Falamos de *Bonequinha de luxo*, livro do Capote. Quem é Holly, a protagonista? Todos se perguntam, eu disse. Sai com homens ricos, janta e dança com eles, ganha joias, presentes, seduz, fatura cinquenta dólares por uma "ida ao toalete" com o acompanhante, sem nunca ficar claro o que isso significa. É uma garota de programa. Uma adolescente livre e independente, bissexual, que fuma maconha e desaparece no final do livro. Quando se perguntou ao autor se a personagem era prostituta, ele esclareceu que era um tipo de garota prevalecente nos anos 1940. As duas ficam indignadas. Como pode um ícone da literatura e do cinema americano, vivido por Audrey Hepburn, ser prostituta. Outros tempos, eu disse.

Fomos comprar vinho. Acomodadas no selim, seguimos pela ciclovia, atropelando folhas secas, cruzando o bafo quente do clima desértico, pinhos, apostando corrida, dando risada, sob o céu ainda com sol, sol tardio do hemisfério Norte, uma ultrapassava a outra e ria, o vento batia em suas caras, e elas riam, Carol ultrapassava, que era ultrapassada por Susan, eu atrás, que corrida louca com o único destino a ser seguido, único sentido naquele começo de verão. Na loja, foram direto para as geladeiras de bebida, pois o vinho deveria ser branco e californiano, e devia estar em algum canto. O que você sugere, Susan, a líder, a que sempre puxava assunto, a que fazia anotações quando eu faltava às aulas, a que me relatava tudo o que havia sido debatido. Susan era a mais desinibida daquela dupla, era descaradamente feliz, daquelas que conquistam até esquilos, e a amiga, Carol, para rivalizar, era mais misteriosa, maliciosa, quieta, com um olhar que tinha muitas conotações, como um hieróglifo desconhecido.

Só um detalhe dificultava a interpretação de tudo o que estava acontecendo. Eram americanas! E, se aquilo terminar numa bebedeira e eu for acusado de assédio, tiver o nome veiculado a um escândalo diplomático, me acusarem pelas redes sociais de tê-las desrespeitado em algo, ter soltado um fora étnico, de gênero, duas garotas com um homem mais velho, machista brasileiro, se não for nada daquilo e um "não" for dito, não é não, eu sabia bem, nunca entendi como um homem pode não obedecer a um não, tão óbvio, quando um não quer, não rola, porque é não e pronto. Eu já tinha sacado que nas festinhas regadas a Sauvignon Blanc californiano existem dois estágios na vida de um americano: sóbrio e de porre. O que rola quando americanos estão bêbados é o oposto de sua frieza, praticidade e objetividade. Se no começo são formais, educados, se marcam festas com horário para terminar, e sim, todos se vão quando chega o horário indicado, quando estão bêbados abaixam a guarda, casados dão em cima de casadas com amigos, casadas beijam amigos e amigas, garotas dançam e mostram os peitos, homens urram como fuzileiros navais tomando uma cabeça de praia e gente trepa nos quartos que não são deles, com outros casais trepando ao lado, no banheiro, na varanda, no quintal, na piscina. Nem sempre as regras para evitar acusações de assédio são seguidas. Sem saideira, esse ritual brasileiro de adiar o inevitável: o fim da festa.

 O que Carol exalava de autoconfiança, Susan verbalizava. Se Carol era alfa, Susan parecia a porta-voz. O que você sugere? Foi Susan quem tomou a frente da negociação. Vamos beber num lugar em que a gente possa ficar mais à vontade, Carol sugeriu. Na sua casa, né?, Susan perguntou. Será? Respondi gaguejando, atordoado. Uma olhou para a outra. Na troca de olhares, pelo tamanho da íris, a angulação da pálpebra, da sobrancelha, o brilho da córnea, uma sabia o que a outra queria dizer. Vamos, vai?, insistiram. Marlboro vermelho ou light? Tanto faz! Marlboro hoje em dia representava uma droga mais condenável do que a maconha, mas tinha pra comprar na loja. Se antes era light ou vermelho, agora tem ice, gold, azul, verde, black. Peguei um light, isqueiro, e elas, snacks, refris, manteiga de cacau e camisinhas. Eu adoro Oreo, uma disse. Temos garrafas de Sauvignon Blanc e Chardonnay conosco, snacks, refris, Marlboro, Oreo. O céu laranja, com o sol que nunca se punha, parecia um holofote apontado para aquele núcleo que transbordava felicidade, desejo, otimismo. A luz do verão refletia em suas pernas douradas.

Na descida, diante d'*O pensador*, uma anormal movimentação. Tinha uma festa improvisada ao ar livre. Bebiam e dançavam ao redor da estátua, num rito pagão. O vinho esquentava, vamos? Passaremos? Let's go! Nada. Ficaram entretidas com amigos e amigas da idade delas. Foram absorvidas. Deixei-as para trás. Eu tinha o Bourbon em casa e o maço de cigarro no bolso. Vinho, Oreo, snacks estavam com elas. Fazer as malas, encaixotar livros. Finalizar os poucos formulários que restavam, de prazos encerrados. Me embebedar sozinho. Melhor assim. Fumar sozinho. Um ano sozinho. Tudo mudou. O cara que chegou não era o mesmo. Com a notícia do falecimento da ex-professora querida e a descoberta de que estava para mudar. Entrar de vez para o meio acadêmico, não largar as muletas da teoria e tentar com a qualidade de vida e grana em dólar fazer algo que realmente interessava: voltar a escrever, viver no presente, viver nos Estados Unidos, fugir do passado, ser forasteiro, nômade, viajar pela Rota 66 de moto, cruzar desertos e monumentos. Chequei meus e-mails. Berkeley me mandou o endereço da nova residência já mobiliada. Poderia passar o verão lá. Me ambientar. Preparar os cursos.

A notificação fez plim. Novo e-mail chegou, com uma oferta irresistível para mudar de jornal, ter uma coluna de destaque no concorrente. Tudo acontecendo agora? Souberam que tinha acabado minha bolsa, que fui cortado, que meu sabático chegava ao fim. Deduziram que eu voltava ao Brasil. O editor me elogiou, mandou gráficos sobre as vendas, um boneco do novo projeto editorial, mais moderno, mais ousado, mais leve. Estava na hora de voltar a escrever a coluna semanal, ele disse, uma coisa nova, diferente, provocativa. Eu estava enferrujado. Há mais de um ano sem escrever. Mande alguma coisa para nós, para eu colocar no boneco, ele pediu. Conta o que fez nesse período numa universidade isolada.

Resolvi colocar Chico Science no talo e beber. Quem não festejava em torno da estátua, que seria enfim removida anos depois, estava trepando pelo campus, em dormitórios, comunidades, offices secretos, se drogando, se consumindo pelo começo de férias. Estudaram como loucos durante os trimestres. Agora treparão o que não treparam durante o verão. Treparão com todos! Festas em todos os cantos. Festas de estudantes negros, latinos, coreanos, nova-iorquinos, lésbicas, cristãos, maconheiros, negacionistas, criacionistas, deficientes. Eu estava na terceira dose, bateram na porta. Podem reclamar. Estou indo embora, fodam-se! O som está alto, estou fumando num apê *non-smoking*, bêbado! Fodam-se. Da lama ao caos! Abri a porta com meu estilo mangue town, de chapéu de palha na cabeça. Carol e Susan. Com suas garrafas. Na pausa da celebração.

— Trouxemos Oreo — disse Susan.

Na terapia, deitada no divã, Lívia disse:
— Estou com saudades dele...
Ela parou.
— Ele leu minha carta? Mandei uma carta. Não estou fazendo terapia por causa disso. Você me perguntou como sou. Sou aberta e fechada. Tenho dificuldade em falar do

que sinto. Tenho medo de perder quem gosto. Claro que me revolto, mas não mostro aos meus filhos, meus amigos, meu ex... Meu marido. Sou apegada à família.

Engasgou.

— Não tenho redes sociais, acredita? Sou dessas que não se expõem, não se exibem para milhares de pessoas. Não posto foto de pôr do sol. Nem fotografo. Nem eclipse. Tem telescópio lá em casa. Ninguém usa. Mandei uma carta... A construtora do meu pai esteve envolvida nesses escândalos de corrupção. Bem, qual construtora não estava? Posso tomar uma água? Ele foi algemado, levado preso pela PF, uma humilhação. Imagine a minha mãe como ficou... Ela acabou de morrer.

Tomou.

— Desculpa, engasguei. Recebia indicação de livros dela, claro. Leio de tudo. Ela me fazia de cobaia. Até livro ruim ela pedia para eu ler e emitir opinião. No final, eu lia para ela no leito. Ela dormia. Era morfina. Posso pegar um lenço?

Pegou.

— Tanta gente tem ódio, ou sempre teve, ou agora ficou mais visível? Minha irmã odeia meu pai. Por isso, se mudou. Mora na Holanda. Ela e meu pai brigavam o tempo todo. Minha mãe se trancava e bebia. Não tomava partido. Pensar que há anos não existiam redes sociais, que a internet não era regulamentada, que há décadas não tinha celular nem computador pessoal, a maioria não tinha telefone nem máquina fotográfica, e as pessoas eram bem-informadas e educadas. Fotografia foi inventada em Campinas, sabia? Quero evitar encontrar meus filhos nas redes sociais, ler suas postagens. Passam o dia no celular. Será que estou com saudades dele? Meu primeiro namorado. Ele me mandava telegramas românticos. Me dava flores. Menino educado... Quem? Eu mudei de assunto, não é meu marido. Escrevi uma carta pra ele. Será que recebeu? Já contou quantas vezes desejou voltar ao passado em sonos perdidos, bebedeiras, ou sonos perdidos por causa de bebedeiras? Eu nunca desejei. Mas recentemente. Recentemente. Cada vez mais. Meu passado é algo que começou a me assombrar. Será que faz parte do luto? Eu estava na casa dos meus pais, revi o passado. Não me escondi dele. Abri alguns álbuns com fotos, gavetas com bilhetes, brinquedos, abri meus livros infantis ainda guardados. O que mais me mobilizou? A foto do namoradinho do tempo da faculdade, e outra mais recente, que mamãe guardou. Fiquei olhando para as fotos. Dormi no sofá em que tantas vezes dormi quando criança. Com as fotos na mão. Acordei com um vulto em pé. Era muito cedo. Meu pai, em pé. Por um instante, imaginei que ele me carregaria no colo e me levaria para o quarto. Abri mais o olho. Não era aquele meu pai. Era um velho de pijama sujo, barba por fazer há dias, em pé, encurvado, cabelo desalinhado.

Lívia estava na cozinha de casa de seu pai. Ele apareceu.
— Estou com fome — ele disse.
Era um velho de pijama sujo, barba por fazer há dias, em pé, encurvado, cabelo desalinhado. Ele se sentou na mesa da copa.
— Seu irmão já foi?
— Já. Não temos nada aqui. O que você costuma comer de manhã?
— E sua irmã?
— Está na Holanda, pai. Lembra? Ela mora lá com os filhos.
— Faz tempo que não a vejo.
— Ela veio pro enterro. Mas já voltou.
— Tem comida congelada.

Lívia checou na geladeira. Colocou o resto de uma lasanha quatro queijos industrial no micro-ondas, botou pra esquentar.
— Você ainda gosta dele... — papai comentou.
Seu pai segurava as fotos dele. Curioso que o pai não perguntou. Foi uma afirmação. Você ainda gosta dele. Ela serviu o prato, comeram juntos. Não tinham apetite. Não esquentou totalmente. Ele se levantou, tomou uma água e se arrastou até a poltrona de sempre. Deixou o prato para trás, como se por milagre ele fosse lavado e guardado no armário. De raiva, ela também deixou seu prato na mesa. E falou consigo mesma, gosto e quero revê-lo. Vou revê-lo. Não me interessam as consequências.

Acordei na cama de ressaca, desidratado, com o nariz ardendo da secura da Califórnia. A única água ingerida na noite anterior foi a do gelo do copo. É, heresia, tomo Bourbon com gelo. Somado ao pacote de Marlboro Light, dor de cabeça garantida. Susan e Carol estavam abraçadas no sofá enroladas no edredom. Suas roupas espalhadas pelo chão da sala. Partes do corpo de uma delas estavam para fora. Eu a cobri com o edredom. Há tempo eu não o lavava. Ia me mudar, comprar tudo novo, jogar tudo aquilo fora? Sentei-me na cama. Não conseguia entender por que não dormia mais tanto quanto dormia quando jovem. Escrever uma crônica? Estou tão sem ideias... Ideias não aparecem do nada, precisam ser pescadas. Preciso de vara, linha, isca, um barco e uma laje no oceano. Só vejo deserto e esquilos... Olhei as duas deitadas. Aquela imagem me seria tão familiar nos meus dezoito anos. Aquela imagem não tinha mais nada a ver comigo. Eu não me encaixo mais naquele cenário. Aquele tempo foi enterrado, é passado, por que tentar revivê-lo? Não tenho mais nada a ver com quem fui, e que bom. Olho aquelas duas garotas nuas sob um edredom que jogarei fora e passo a achar que não tem nada no meu passado que possa ser reavaliado e revisitado. Tudo mudou. Foda-se! Me levantei, fui ao banheiro, fiz café. Recolhi roupas no chão. Comi uma banana vinda do Caribe, infinitamente pior e mais sem gosto que as brasileiras, com Oreo. Recolhi garrafas, taças, esvaziei cinzeiros e fui pro banho. Sinto um vazio inexplicável. Queria sumir e reaparecer nas areias de uma praia do Pacífico. Quero mudar logo. Saí do banho e encontrei Susan sentada bebericando seu café.

— Bom dia — ela disse em bom português, o português dito por Audrey Hepburn no *Bonequinha de luxo*, filme a que assistimos no começo da noite, no começo da bebedeira.

Como eram luminosas. Olhos vivos, claros. As duas não tinham tatuagens. Susan, enrolada no edredom, examinava meu passaporte.

— Você é mais velho que meu pai — ela disse.

Fechei a cortina da sala. Então, em algum canto do cérebro, uma conta foi feita e refeita. Ela examinava o passaporte do bolsista, os carimbos, o visto.

— Quantos anos você tem? — perguntei.

— Seu visto expirou ontem.

— Será que a imigração pode te prender? — perguntou Carol, acordando, usando apenas um cigarro na boca, que acendeu. Acabei de cometer um crime, pensei, a ponto de ser extraditado: visto vencido.

Eu poderia ter tido filhos. Deveria. Para evitar a vida tão autocentrada. Ainda posso ter. Devo? Estava num paraíso na Califórnia. Da janela, via árvores, pássaros, esquilos, ciclistas. O campus era um parque com uma universidade dentro, terreno doado por um fazendeiro. Exatamente como a Unicamp do meu passado. Stanford não fica em San Francisco, mas em Palo Alto, outra cidade, como a Unicamp não fica em Campinas, mas em Barão Geraldo, um bairro afastado. Nada de carros, só bikes, só gente correta quando sóbria: sem preconceitos, escoladas, num ambiente saudável e comida saudável, sem violência, para uma atmosfera favorável aos estudos, pesquisa, troca de ideias. Enquanto as duas reviam *Bonequinha de luxo* enroladas no edredom e jogadas no sofá, fumando um *vaper* de conteúdo desconhecido, falei de Juliana, minha namorada de quinze anos, que chorou agarrada em mim, depois de eu gozar, e fui embora sem consolar. Falei de Bibi, mulher maravilhosa, a quem não dei o devido valor, que achou que estava grávida e me apavorou. Falei de Mariane, que escapou das minhas mãos, pois me tornei incompatível, não parceiro. Falei de Lívia, para quem não olhei, não vi, não entendi. Elas ouviram prestando atenção ao filme. E soltaram:

— Concepção romântica do desejo não é uma ilusão? — disse Susan.

— Não existe apenas o desejo, precisa da rival, da oponente, para servir de guia. O que você odeia nela é o que odeia em você — disse Carol.

— Você odiou nelas o que odiava em você?

— Fala isso pra elas.

Citaram Girard. Encaixaram dropes de sua teoria em minha vida pessoal. Soltaram versões. E voltaram as atenções ao filme. Falar com elas? Sim. Procurá-las? Poderia encontrá-las, olho no olho, perguntar, ouvir, me desculpar, odiava em vocês o que eu odiava em mim, vocês não são minhas rivais, sou um merda, me desculpem, sou um objeto em extinção, sou antigo, mofado, mas quero renascer, aprender, me desculpem, me ajudem, não é tarde, é?, uma chance de eu crescer, me atualizar, me encontrar, fazer algo, batalhar com vocês por um mundo melhor, encontrar um sentido. O desejo de outro tipo de vida era meu também, Mariane. Controlar desejos era também um dilema meu, Juliana. Abri o laptop e escrevi.

Cara Lívia,
Não vou voltar para São Paulo. É dura a vida. Quero me esconder por aqui. A Constituição americana diz: todos têm direito à felicidade. Têm direito. Conquistá-la é trabalho para a vida toda. Quero rodar o país numa moto. Este é meu e-mail. Se vier um dia, me procure.

Mas não enviei. Nem tinha como enviar porque ainda não sabia seu e-mail. Abri uma garrafa de vinho branco. Servi três taças. Elas toparam. Topavam tudo, todas as bebidas, todas as drogas. Eu não queria ser jovem como elas. Eu topava tudo, as drogas experimentais da minha turma da Unicamp, qualquer maconha que me ofereciam, todas as bebidas. Aguentava firme. Eu queria acreditar, ou melhor, voltar a acreditar. Prefiro o estágio atual da sabedoria da idade, independência que não se tem com dezoito anos, viver sem dogmas filosóficos, frases decoradas. Decidi me deitar no sofá entre elas e ver o filme. Passei a olhá-las com tanto carinho... Mesmo quando eu me achava um estudante existencialista, eu acreditava no futuro. Eu militava. Escrevia em jornais da escola, fanzines pós-punk, revistas literárias. Lancei livros. Pouco me importava o sucesso. Acreditava no poder de transformação da palavra, na arte. Me indignava, como elas, agora, falando de Holly. Não vão trabalhar nas indústrias tech. Não vão poluir o mundo. Vão resolver a fome dele, as injustiças sociais, vão combater os preconceitos, vão se mobilizar. Como minhas colegas, que começaram há anos na sala da minha república. Como Mariane, que trabalhou em ONGs de crianças especiais. Como

Bibi, que tenta melhorar o mundo no palco e na produção. Como Lívia, que me disse uma vez: "Existimos por alguma razão. Somos privilegiados: temos saúde e entramos numa universidade pública de ponta. Deveria ser obrigatório, depois de nos formarmos, trabalhar de graça por um tempo no serviço público, imagina? Médicos, engenheiros, enfermeiros, professores... Não quero me formar e trabalhar numa empresa. Penso em fazer algo de útil". Fez?

No domingo, ela abriu os olhos, silêncio pela casa. O marido, que ela num ato falho quase chamou de ex na terapia, viajou. Os três filhos foram junto. Ficaria sozinha, nada de hóspedes, nem compromissos ou visitas agendadas. Ela, dois gatos, uma ressaca deprimente, a vida e vinte e quatro horas para ocupá-la com relevâncias, patos e gansos no laguinho. Hoje, ela é uma só.

Pela janela: chuva. A vida é uma só, em Campinas tem teatros, cinemas, estabelecimentos gastronômicos, exposições, mas a chuva rala e o frio fora de época incentivavam a ficar na sua mansão no condomínio em Valinhos. Mas a vida não é uma só? Daqui a pouco, largada da Fórmula 1. Lívia gosta de automobilismo. Lívia gosta de dirigir. Adora. Dirige superbem. Ensinei o mocinho a dirigir. Ela tinha carta, carro, tinha tudo. Ele tinha pouca coisa, e nem ligava pra dinheiro. Ele tinha ideias. Pensava demais, como pensava... O tempo todo refletindo. Sua cabeça era um turbilhão. Mocinho... Eu gostava de ouvi-lo. Gostava de conversar com ele. Gostava de trepar com ele. Meu Deus, de novo penso nele! Estude uma língua, reconfigure o computador, consulte fundos de investimento que pagam mais, vá a uma loja de construção e compre enfim aquela mesa, compre uma moto, uma bike, um skate, patins, uma prancha de surfe, planeje uma viagem para o fim da primavera europeia, aproveite agora os supostos preços baixos da antecedência, privilégio de pessoas organizadas que conseguem prever o futuro e estabelecer planos e metas que são cumpridos e se dão bem. Posso ir à Califórnia. Quem sabe, não o encontro? Nada disso. Pediu comida. O entregador foi a única pessoa que viu no domingo. Até deu gorjeta. Não leu uma linha dos livros dele. Será que deveria? Será que ele fala de mim? Ele nem pensa em mim. Um livro foi trucidado pelo meu marido. "Muito novelão." Sim, muito novelão, mas Kaká gostou. Kaká adorou. Kaká adorava.

Passou mais de catorze horas em frente à TV, não fez absolutamente nada, se perguntou se ocupou bem o dia ou o desperdiçou sem levar em conta a raridade que é a vida. Sei lá. Como saber vivê-la se não há jurisprudência ou manuais? Talvez seja melhor imaginar que ela não é uma só. Assim, a culpa de não fazer nada num domingo chuvoso não estraga o resto da semana. Pegou seu carro e decidiu comer uma pizza com a tia Odete. Será que estou deprimida? Pensou se quem sabe não estava na hora de se separar da pessoa com quem vivo uma mentira. Algo tinha que ser feito. Algo radical. Me separar? Preciso visitar tia Odete.

Susan e Carol foram embora. Pensei na existência, Deus, mimetismo, influência, não faço nada fora da minha tempestade cerebral, sou inútil, um egoísta é inútil. Preciso mudar isso! Senti um leve vazio, como aquele que sentimos quando acaba a festa da escola, porque criança preenche o ambiente, dá alegria, nos tira da dura realidade, da dureza da vida, dá ideias novas. Decidi arrumar a casa. Desci, coloquei roupa para lavar, lavei a louça como nunca tinha lavado, passei esfregão no chão, lavei o banheiro como nunca foi lavado, troquei a roupa de cama, limpei os vidros. Selecionei o que levaria para Berkeley e o que jogaria fora. Decidi entregar o apartamento em ordem.

Enquanto Lívia encomendava a pizza, tia Odete contou enfim o mistério familiar: por que nunca se casou. Conheceu num Carnaval em Santos um geólogo, que trabalhava na prospecção de petróleo em alto-mar, e se apaixonou. Dançaram, beberam, se esbaldaram e fizeram amor nas areias não iluminadas do Boqueirão. O cara explicava com paixão os esforços para se extrair o líquido tão precioso onde jamais ninguém tentara, falava da potência em que o Brasil poderia se transformar. Todo esse vocabulário, extrair, potência, camadas, perfurar, excitavam Odete, que nem viu a batucada passar. Foi só na Quarta-feira de Cinzas, quando o cara teria que pegar um helicóptero para a plataforma marítima, que ele anunciou, envergonhado, porém sincero, que era casado.

Foi só na sua volta, semanas depois, que ela soube detalhes do quanto ele era malcasado, que a esposa deprimida tentara se matar quando ele anunciou o fim do casamento, e que continuava com ela até o único filho entrar na faculdade, pois tinha medo de que um ambiente emocionalmente complexo e desestabilizado pudesse atrapalhar o futuro do menino. Tia Odete acabou de novo seduzida pelos encantos e pela lábia do geólogo, especialmente quando ele explicou detalhes da perfuratriz, prospecção, de como sugar e enfiar a broca, e se entregou num hotelzinho barato de lençóis úmidos e cheirando a mofo da Ponta da Praia. Decidiu amar aquele homem até que a situação se definisse. Não o pressionou. Foi até fiel. Contou para poucos confidentes que se relacionava com um homem casado. Ouviu da maioria que ela deveria vazar o mais rápido. Não perguntou onde ele morava, nem como era a adversária, nem se o filho ia bem na escola, se tirava nota boa ou estava decidido a seguir qual profissão.

Mas a pior das mentiras estava por vir. Um dos confidentes, também do ramo petrolífero, resolveu investigar mais detalhadamente a vida do geólogo, preocupado com a amiga que se mudara de Campinas para um flat no Gonzaga. Assombrado, decidiu contar pessoalmente o que descobriu:

— Ele não é nem nunca foi casado.

O mundo desabou para Odete.

— Antes fosse casado — repetia uma mulher abismada com a traição e decidida a nunca mais aparecer na Baixada Santista.

O táxi lotado de malas deixou Stanford, atravessou Palo Alto, chegou à estrada 101, que cruza a Califórnia. O motorista aparentemente tinha tirado licença para dirigir um dia antes. Eu me agarrava no assento, temendo capotarmos no próximo minuto, apesar de a Highway que cruza a Califórnia, San Francisco, a Bay Bridge e vai direto para Berkeley ser um retão. Os caminhões enormes tiravam fino. Ele tirava fino de todos. Do nada, acelerava acima da velocidade, ou diminuía. Ou era eu que, depois de um ano num paraíso sem carros, vivi num mundo à parte?

Me lembrei do clássico cartoon *Pateta no trânsito*. Tinha uma narração: "O homem comum é uma pessoa de hábitos estranhos e peculiares. O sr. Walker é considerado um sujeito bom, de inteligência razoável". Ele ia até a garagem, abria a porta empolgado. "Mas quando entra no carro, acontece algo estranho. Ele se deixa levar pela forte sensação de poder. Sua personalidade muda completamente. De repente ele se transforma num monstro incontrolável, um motorista diabólico, o sr. Walker é agora o sr. Wheeler."

Esse desenho da Disney é histórico. Ninguém se esquece. Percebe que a loucura no trânsito é universal. Pateta ganha um olhar diabólico dirigindo como um doido pelas ruas e estradas, xingando todo mundo, fechando outros carros, atropelando pedestres, fazendo rachas. "Sou o dono das ruas, eu paguei impostos, eu paguei por elas e vou usá-las!"

Cruzamos Redwood City sãos e salvos. As placas do Aeroporto de San Francisco começaram a aparecer em San Mateo. Me acendeu um alerta. Saída para o aeroporto daqui a tantas milhas. Mais placas indicando o aeroporto à direita. Comecei a ver aviões paralelos a nós, já com trem de pouso baixado, sobrevoando as águas escuras da baía, barcos, veleiros, até pousar. Próxima saída, SAN FRANCISCO INTERNATIONAL AIRPORT. Então, gritei:

— Vire à direita, aqui, vire à direita, por favor. Turn right. Vira, vira! Me deixe no aeroporto! Airport. Leave me at the airport. Watch!

4. Hotéis

Li meus e-mails num café. Confirmei com o editor que queria trabalhar para eles, mas antes devia comunicar Evaldo, por respeito à amizade e ética profissional. Estou voltando ao Brasil hoje, avisei. A resposta foi rápida. O espaço para a coluna ainda é seu, respondeu, feliz com a minha decisão. Fez uma detalhada explanação, provavelmente padrão, escrita pelo departamento de marketing, sobre o novo projeto do jornal tradicional, que a fase de ouro do jornalismo impresso acabava e muitos assinantes migravam para as redes sociais, e que o fraco do "nosso" caderno era a falta de textos leves, divertidos. "Tudo é muito denso, pesado, e seus livros têm humor" (eu particularmente preferia o termo sarcasmo). Ele escreveu que sou um cara divertido, ele não me censuraria jamais, me sugeriu escrever alguma coisa para mostrar que eu poderia escrever textos divertidos, irônicos, pensando no leitor da minha geração. Fiquei escondido no café do embarque ouvindo as línguas do globo falando trivialidades. Largar tudo para trás, caixas de uma mudança doadas ao motorista sr. Wheeler, me fez bem. Abrir a mala e jogar roupas velhas na lixeira da calçada do aeroporto me deu um baita alívio. Zerar a vida. Voltar a escrever uma coluna era uma boa maneira de cair na real, como um balde de água gelada na cara. Sei que melhor se escreve se mais se escreve, e eu estava enferrujado. Tinha uma hora para o embarque. Abri meu editor de texto e escrevi sem planejamento, sem método:

Trânsito. Você aperta o chaveiro. O alarme do carro desligado dá um sentido à sua vida, que nenhuma droga lícita e ilícita despertou. Você dá a volta em torno dele, como um piloto de avião, checa as condições dos pneus, a lataria. Ao entrar e se sentar no banco de motorista, você se sente completo. Checa espelhinhos, apesar de só você o dirigir. E, quando você dá a partida e escuta o ronco do motor, sente o que sentiram Brad e Angelina no primeiro beijo. Engata e sente como se tirasse uma Ferrari do boxe. Então, dirige lentamente pela garagem, ou melhor, taxia, como se estivesse a caminho da decolagem? Você é um neurótico do trânsito. Na rua, você segura o volante, como se segurasse uma metralhadora antiaérea, pronta para disparar em camicases. Se sente dirigindo um tanque russo em Berlim. Quando você começa a considerar todos os outros motoristas inimigos, já na sua rua ou na avenida adjacente? E quando você começa a considerar todos os pedestres um estorvo, na faixa da sua rua ou na da avenida adjacente? Você se depara com um radar eletrônico estilo torre, que marca 40 km/h. Mas você, lógico, como todos, estava a mais. Você diminui exatamente a 40 km/h e checa na torre, para ver se acertou? Fica feliz ao ver que acertou na mosca? Ou vai a 42 km/h, sabendo que há uma tolerância de cinco por cento. Vai a 30 km/h? A 20 km/h? Depois de passar, volta aos seus 87 km/h ou aceita a sugestão da torre, pensa nas estatísticas e passa a dirigir cuidadosamente? De volta à guerra, se o cara de trás buzina assim que abre o farol, você anda mais rápido? Se ele buzinou, é porque ele quer que você ande mais rápido, está com pressa. Mas o cara buzinou assim que o farol abriu. E há pelo menos quinze carros na frente. Desliga o carro e se deita no banco, para irritá-lo mais? Ou vai calculadamente bem devagar, para o farol ir ao amarelo, você passar, ir ao vermelho, e ele ficar? No farol, aquela criança pobre, triste e esfomeada se aproxima. Você disfarça e, com o cotovelo, abaixa a tranca da porta. Fecha a janela? E se a criança ficar ao seu lado, você muda a estação do rádio, simula falar no celular? Chega a cumprimentá-la? Finalmente, qual a desculpa? Está sem trocado? Esqueceu a carteira em casa?

Mandei para o novo editor. No assunto: "É isso?". Surpresa: voo vazio. Pude ficar numa fileira da classe econômica só para mim. Poderia me deitar e dormir. Fiz experiência de como me acomodar melhor, pedi travesseiros e cobertores, forrei, preparei um belo leito que poderia me aconchegar nas doze horas de voo direto. Chequei os filmes no monitor. Selecionei alguns. O avião enfim taxiou. E por que achamos que demora demais para taxiar? Subiu. Partimos. Jantei lentamente. As luzes se apagaram. Selecionei uma comédia romântica alto-astral. Ri sozinho. Acabou. Apaguei a luz individual. Tomei uma dose de uísque. Água. Deitei, estava confortável, respirei, esticado, coberto, coloquei a máscara, encaixei a cabeça. Torci para ter sonhos bons. Respirei... E não consegui dormir. Fiquei ansioso ao pensar no que estava por vir. Me sentei, reacendi a luz, liguei o computador. Escrevi:

> Ele vivia em pensamentos dispersos, num mundo à parte, mundo de dúvidas que nasciam da excitação, aos poucos se tornava mais amigo da mãe, com quem tinha mais afinidades do que com a filha. Com a mãe, repartiram as mesmas crises do pensamento humano. Varavam noites falando de livros, estilos, semântica, linguísticas, fazendo comparações, intelectual que gostou tanto dele que o convidou para ser assistente, indicou bolsas. Fumava no terraço da

cobertura com a irmã maconheira e o namorado, que combatiam as convenções da tacanha elite rural, se é que fumar maconha é combater o retrógrado, que ainda reverbera na cidade que se transformou em polo tecnológico. Ouvindo a sinfônica ensaiar. Não passou pela cabeça que a namorada estava sozinha, cuidando do irmão, se sentia deslocada na própria casa, queria companhia, a companhia dele. Ela tinha outros assuntos também interessantes inexplorados, outro repertório. Talvez tivesse puxado do pai sempre viajando o gosto por exatas, computação, cálculo, resistência dos materiais, pai ausente; ainda bem, ele pensava.

Em São Paulo, não demorei para encontrar Evaldo e Débora, no cinematográfico apartamento de Higienópolis. Não falamos de trabalho. Eu queria saber de fofocas, novidades do mercado, de amigos antigos, de casais que se separaram. Falamos da morte de Karen Borg; câncer no fígado e pâncreas. Lembramos que ela fumava demais.
— Pensei em reencontrar Lívia.
— Pra quê? — perguntou Débora.
— Tirar umas dúvidas.
— Quais?
— Todas.
— Adianta?
— Não sei.
— Você quer entrar em contato com ela? — perguntou Evaldo.
— Talvez.
— Tem certeza? — perguntou Débora.
— Sei lá.
— Sei lá?
— Ela te fez sofrer bastante — lembrou Evaldo.

— Temos questões em aberto.
— Tipo?
Boa pergunta. No que eu estava me metendo? Débora pensou no que eu disse e mandou um surpreendente:
— Cuidado...
Cuidado? Qual o perigo? Vivemos um namoro de crianças há anos. Crianças brincam, crianças são crianças, crianças não têm compromissos sérios, não ficam noivas, não se casam, não geram filhos, netos, brincam de casinha. Não se tomam decisões de laços eternos quando se tem dezoito anos, nem se fazem juras de fidelidade. Amor não é religião, e desconfio que seja subjetivo. Amor é transcendental como a fé, não é brincadeira, não é fantasma, lobo mau, é coisa de adulto. Amor acontece ou não, continua e acaba, é eterno e fluido, gela e derrete, é coisa de gente grande. Era previsto nosso fim, estava evidente, mas doeu mesmo assim.

Sim, ela me fez sofrer muito. Todos presenciaram. Ela rompeu comigo. Foi um choque. Nunca imaginei que pudesse acontecer. Especialmente no momento em que estávamos. Foi indetectável, não se viam atividades sísmicas, nem um meteoro na rota de colisão, foi uma explosão e fim. Foi tão abrupto que nem perguntei por quê, nem mandei um porém..., nem chorei, nem tivemos uma conversa, fiquei em choque por um mês, vagando em Campinas até o final do ano, me drogando sem entrar na sala de aula, fui a São Paulo, fiquei na casa da minha mãe sem sair do quarto, fiquei sem falar com ninguém, fiquei sem comer, beber, sem fumar, sem dar bom-dia, boa--noite. Desintoxiquei. Joguei tudo pro alto, deixei tudo na rota de colisão: a destituição de um projeto de vida.

Voltei para Campinas para pegar minhas coisas, me despedi dos amigos. Tchau. Vou embora. "João amava Teresa que amava Raimundo que amava Maria que amava Joaquim que amava Lili que não amava ninguém." A despedida foi um churrasco num sítio com lago de água barrenta, bebida forte e maconha barata.

A maioria deles nunca mais vi. Me fechei, tiveram pena de mim, que levei um não para repensar tudo em mim, meus gestos, meu olhar sobre o outro, minha insensibilidade, no por que não vi atividades sísmicas na boca do vulcão. Me achava invulnerável, inafundável, mais resistente que o iceberg. A queda foi brusca. Como doeu. Levei um não e entendi o mundo, as pessoas, olhei para fora, vi além do horizonte. E passei a escrever. Resolvi fazer tudo diferente, outra faculdade, escrevi, trabalhei numa editora, fiz colunas em revistas e jornais, me sustentei, morei na Vila Madalena. Funcionou. Saí só com gente da minha cidade. Fiquei casado dez anos com uma fisioterapeuta. Você está cansado de saber.

> Você dá duro o ano todo, faz plantões em fins de semana, feriados, economiza com um só propósito: viajar para fora. Com quantos meses de antecedência você planeja a viagem, reserva as passagens e hotéis? Reserva restaurantes? Com quantos dias você prepara a sua mala? Você prepara e esquece, ou examina durante dias e troca o conteúdo? Faz lista dos pertences? Leva as melhores roupas? Aceita encomendas? Usa aquela pochete para esconder passaporte e dinheiro no corpo? Coloca por cima ou por baixo da roupa de baixo? Compra uma escova de dentes nova? Pede ao amigo esquisito o tarja preta mais fulminante, para dormir no avião? Coloca meia elástica, para evitar trombose?
> Diante da notícia de que o seu voo, apesar de reservado há meses, está lotado, e que seu nome não consta no sistema que, logo em seguida, sai do ar, você sorri? Gargalha? Chora? Enforca a atendente com a alça da sua pochete cafona? Diz

"isso é uma palhaçada"? Diz, olhando para os funcionários ou para outros passageiros, "isso é uma palhaçada"? Você abre os braços com as palmas viradas para cima, ou coloca as mãos na cintura e diz "isso é uma palhaçada"? Você realça as sílabas em "pa-lha-ça-da"? Joga a sua mala contra o balcão? Esmurra a funcionária da companhia aérea, mesmo sabendo que ela fora eleita funcionária do mês e tem uma foto enquadrada sorridente pendurada diante dos seus olhos, e está sendo filmado por dezenas de câmeras? Tenta suborná-la? Diz a frase "quero falar com o seu superior"? Você diz superior, superintendente, agente, despachante ou diretor? Presidente? Apela e diz "sabe com quem está falando"?

Troquei mensagens com Juliana, minha namorada dos quinze anos. Era bem ativa nas redes sociais. Achava que viraria figurinista, estilista, ativista anti-indústria farmacêutica. Virou psicóloga infantil, estava casada-dois-filhos. Difundia pelas redes cursos, seminários, frases de psicologia. Um café? Marcou num café nos Jardins, desses em que uma xícara custava o preço do quilo no supermercado. Ela estava tão parecida com aquela garota de franja que conheci tanto tempo atrás... A voz era a mesma. O corpo era outro. Continuava sem perfumes, sem maquiagem. Reclamou da idade. Falou de exposições de arte, do hobby do marido de torrar tudo em quadros de artistas iniciantes. Falamos de filhos. Me sugeriu ter filhos. Mudaria a sua vida. Dão alegria. Dão vida. Dão sentido. Dão amor incondicional. Dava tempo ainda. Eu não estava tão velho assim. É até melhor: pais mais adultos, mais bem resolvidos, experientes, calmos. Eu disse que ser velho não significa ser bem resolvido. Muita gente envelhece mal. A maioria não consegue dividir, não consegue alterar a rotina cheia de neuras, e busca sossego na solidão.

— Ninguém gosta da solidão — ela disse.
— Eu gosto — eu disse. — Eu preciso dela.
— A solidão é um refúgio forçado, um exílio, não um objetivo de vida, mas uma angústia a ser tratada.
— E ter filhos não seria uma bengala para acreditar que encontram um sentido na vida? E depois descobrem: talvez ela não tenha sentido. Talvez eu não devesse ter filhos. Dá para devolver?
— A vida não tem sentido? — ela perguntou e riu. Ri também. Parecia a conversa no pátio do nosso colégio, com violão no colo, em que debatíamos o terror que nos provocava o existencialismo.

Tomamos sorvete. Juliana tinha orgulho do que eu tinha virado, um escritor com prestígio. Eu disse que não tinha orgulho do que eu tinha virado, um narcisista egocêntrico hétero branco privilegiado, escrevendo sobre pequenos problemas existenciais, sem ativismo, sem atratismo, sem militância, sem relevância. Ela discordou.

— Sua relevância está na forma como escreve sobre a dor da angústia, a busca por um sentido da vida, Deus, existência, essência. Com certeza tem gente falando dos seus textos em aulas, terapias, jantares, na cama...

Disse que adorou meu primeiro livro, e que eu deveria escrever livros infantis.

— Você se lembra do nosso namoro? — perguntei.
— Pouco.
— Eu lembro detalhes.
— Jura? Faz tempo... Achei que eu era alguém sem importância na sua vida. A gente ficava com todo mundo.
— Mas você, considerei uma namorada.
— Que fofo... Eu gostava da sua jaqueta. Você era estiloso, elegante, tão popular.

— Popular? Eu me achava travado, tímido, me achava um merda.

— Não é a imagem que tenho de você. Era tão ativo, falante, extrovertido. Bem assanhado.

— Você se lembra de uma tarde na sua casa em que... Você chorou.

— Não. Sério? Chorei?

— Não se lembra?

Ela fez uma pausa, pescou na memória: adolescência, tardes, namoros, choros.

— Eu chorava à toa. Ainda choro.

— Eu estava te beijando, no mezanino. A gente se agarrou.

— E...?

Achei que ela se lembrasse com precisão e dor e queria me ouvir, queria minha versão.

— Você não se lembra?

A palavra se dá. Entender o dito é um milagre? Entender é uma escolha.

— Está me matando de curiosidade. Não me lembro. Por que eu chorei? Certamente não foi por sua causa. Você acha que foi e por isso pergunta. Sempre tive você como um cara muito legal, gentil, que escutava, dava conselhos, trocava. A gente conversava bastante. Perdemos o contato. Se chorei, foi de bobeira. A gente naquela idade testava limites o tempo todo. O que pode, o que não pode, o que deve e não deve. É duro se armar de uma blindagem protetora para não fugirmos do controle. Devo ter fugido do controle. Hormônios. Fugi?

— Não. Mas eu deveria ter te perguntado.

— Você era mais velho. Talvez...

Sorriu enigmática.

— Devia.

— E por que não perguntou?
— É o que estou tentando entender.
— Está rolando um balanço da crise da meia-idade?
E riu.
— Desculpe. Não queria rir. Relaxa. Ninguém saiu ferido — ela disse. — Você faz terapia?
Prometemos nos reencontrar mais vezes. A ideia do livro infantil foi considerada. Nunca pensei. Não li livros infantis. Li enciclopédias, livros sobre guerras, artes. Lia gibis. Ela ficou de me mandar exemplares para servirem de inspiração. E me mandou. Vou considerar. Quem sabe... Me mandou indicação de uma psicanalista lacaniana que estava na moda, especialista em crise de masculinidade frágil, que leva à masculinidade tóxica. Não vou considerar. Quem sabe em outro momento. Preciso chegar, antes.

Lívia acordou e ficou um tempo na cama. Sonhou comigo de novo e procurou memorizar cada detalhe e analisar. Ela sabia muito bem que sonhar com alguém é sonhar com o que aquela pessoa representa para ela. O que eu, naquele momento da sua vida, representava? Retorno. Paixão juvenil. Paixão pela vida. Inconsequência. Liberdade. Rompimento. Coragem. Inspiração. Emoção se debruçando sobre a razão. Ela via isso em mim: aventura, liberdade. Viva a vida! Foi para o banho. Se enxugou. Gostava de ter um quarto só dela, um banheiro só pra ela. A mudança do marido para o quarto de hóspedes em outra ala da casa estava começando a surtir efeito: se sentia menos sufocada. Escovou os dentes sorrindo. Dormiu bem. Sentia-se leve. Se olhando no espelho, disse:
— Oi, mocinho, pensei em você, penso várias vezes. Lembra de mim?

Ela desceu para tomar café da manhã. Lia o jornal na copa, quando o então ainda marido passou, nem deu bom-dia, não deu nada, pegou a chave do carro e anunciou, como se ela fosse um móvel:

— Não sei que horas volto.

Ela foi atrás. Ele entrou no carro e se foi. O pior de tudo é que ela nem perguntou para onde ele ia, com quem ia se encontrar, para fazer o quê. O pior de tudo é ela ter se sentido aliviada por estar agora só na casa. Aliviada por ele não estar perto. Decidiu também sair.

No carro, a caminho de Campinas, ela escutou Banda Black Rio. Ouviu e cantou junto:

Nunca desanimar, tempo de acreditar que vai cicatrizar,
[mesmo que seja em vão
Tempo que vai passar, setas vão te guiar, guiam a mim também
Mostram a verdade, felicidade, enfim
Carrossel, gira e volta ao mesmo lugar, procuro e sei que vou
[encontrar
O amor que foi só de nós

Estava feliz, decidida a se separar. Abriu as janelas e cantou em voz alta o refrão.

Carrossel, gira e volta ao mesmo lugar, procuro e sei que vou
[encontrar
O amor que foi só de nóóóóós

Aos poucos, foi dominada pela Lívia racional de sempre e começou a listar decisões: Amanhã vou conversar com ele, vou sugerir, se ele quiser, ele fica em Valinhos, e eu me mudo para a casa do pai, casa em que passei a infância e adolescência, cuido dele. Pode ficar com os patos e os gansos. Aquele casarão não faz mais sentido. Os filhos logo, logo, se vão, tocarão suas vidas. Aquela vida que os dois levam não faz mais sentido. Decidido. Fica com a casa.

Ela quer vida nova. São pais. Não são marido e mulher há tempos. Ela decidiu. O pai? Se não melhorar, o irmão quer internar numa bucólica clínica de Vinhedo, disse que é melhor para ele ter tratamento cem por cento profissional. Ela não sabe o que é melhor para o pai. Não tem estrutura emocional para decidir sobre o pai. O apê de Campinas não ficaria vazio, esquecido, abandonado. Os filhos um dia não voltam mais. Chegará a hora.

Foi beber gim-tônica no clube com amigas. Numa tarde para se abrir e perder a cabeça, rir, desopilar, se jogar, cair na vala, rolar em brasa, fugir de blitzes. No bar da piscina, anunciou a ideia bombástica de se separar. E escutou:

— Vamos matar os gansos para fazer patê.

Riram. Escutou:

— Vai se divertir sem parar, ir ao cinema sozinha, viajar com amigas e amigos, escutar que todos os homens são tolos e infantis, e clichês como: os caras mais lindos são gays ou casados. Vai de moto para uma praia deserta aprender a surfar.

— Vou parar de tingir o cabelo. Que me aceitem.

— Cuidado. A fase festiva pode sofrer grandes baques — avisou uma, bebendo gim com tônica diet. — E se o ex-marido se juntar meses depois com uma garota que não precisa de sutiã, nem tingir o cabelo, nem de maquiagem? E que anda enjoando em demasia; o peito aumentou, e a barriga começou a ficar redonda...

— Problema dele — Lívia disse.

Riram. Gargalharam. E elucubraram, atropelando-se ao mesmo tempo, sob a aura embriagante de gins-tônicas:

— Vai conhecer um garoto interessante, cheio de amigos interessantes, que trabalham juntos num coletivo interessante e fazem projetos de interesse social, startups tecnológicas e além de tudo sustentáveis.

— Imaginou?

— Seria seduzida porque o garoto toca pandeiro no grupinho de pagode do coletivo, que se reúne no happy hour das sextas-feiras.

— Essa onda de coletivos não acaba?

— Ele faria tudo certo: esnoba até o limite, xaveca no momento certo, investe com as armas apropriadas, fala o que precisa ser dito e, enfim...

— Beija exatamente quando a brecha aparece depois de gentilmente trazer a quinta latinha.

— De Itaipava.

Riram. Bebericaram drys, gins-tônicas... Lívia não acreditava que ficara tanto tempo sem um papo com as amigas, presa no castelo isolado, numa torre trancada no papel de mãe perfeita. E pensou se, para ser uma mãe perfeita, é preciso abrir mão da diversão que é estar com amigas bebendo e sondando a vida de descasadas.

— O garotão é daqueles que atendem celular no elevador.

— Buzina para os carros da frente assim que abre o farol, e na estrada ultrapassa pelo acostamento.

— É daqueles que param em vagas de idosos no shopping e ainda contam vantagem: "Nunca me multam".

— Calma, você se dirá, não seja exigente. Não existe par perfeito, ilusão, escapismo utópico inventado pelos românticos.

— Até o primeiro jogo de futebol pela TV. O time dele disputa a liderança do campeonato com o maior rival. O garotão xinga o juiz e os bandeirinhas sem economia. O fato de uma bandeirinha ser mulher incrementa os impropérios:

"Vaca, piranha! Vai pra cozinha, filha da puta!". Quando a decisão for do outro bandeirinha, homem, será questionada sua heterossexualidade também. Quando o zagueiro do próprio time der uma furada, expressões de preconceito social serão proferidas sem nenhum sentimento de culpa: "Burro! Imbecil! Se pensasse direito não seria jogador de futebol!". Quando o time fizer um gol, a gritaria será suficiente para matar de vez todos aqueles com problemas cardíacos na vizinhança. No apito final, palavras de carinho e solidariedade serão proferidas quando ele começar a gritar da janela: "Chupa, desgraçados, filhos da puta! Toma, seus viados do caralho!". O tempo em que ele ficará se comunicando aos berros com outros vizinhos aliados e adversários irá esfriar a pizza.

— Então, como se diz no jargão, a promessa vira dúvida.

O pessoal do bar da piscina começou a se incomodar com aquela mesa de mulheres já bêbadas se divertindo. Mas elas... Nem aí. Eram independentes, pagavam suas contas, ninguém tinha nada com isso. Pediram Negronis.

Ao voltar para casa, Lívia sentiu um vazio. Acostumada com a casa sempre cheia, como vou envelhecer? Passou a mão nos gatos.

— Por que será que ainda penso em você? — se perguntou.

Acendeu um cigarro, preparou um drinque. Estava fumando demais. Vício estranho para começar... Bebeu. Onde estão todos? Sozinha em casa, pôs uma música, abriu o laptop e começou a escrever.

Oi, mocinho. Tantos anos que não te vejo. Você está feliz? Não me pergunte se estou. Não deu certo, né? Você não fica devastado quando vê alguém feliz, que diz que gosta de si mesma, não se arrepende de nada, entende o mundo e o sentido da vida, não fica arrasada quando escuta que alguém é casada com o namorado da faculdade e é superfeliz, foi fiel durante décadas, tem a vida sexual como as de alguns personagens mitológicos, que chegou a ter um caso no vigésimo ano de casada, mas foi perdoada e amada como nunca, ou que tinha gente na escola que não precisava estudar para passar de ano, porque bastava prestar atenção, ou que tem facilidade com línguas e fala espanhol correntemente, e não engana como nós com nosso portunhol, entrou no vestibular sem cursinho, dorme como uma pedra, nunca toma remédios na vida nem fica doente, tem colesterol, glicemia, pressão e batimentos cardíacos abaixo dos índices, não engorda, nem se jantar pizza com borda recheada todas as noites, pois tem um bom metabolismo, fuma eventualmente um cigarro a cada dois meses e nunca extrapola esse número, não tem cálculos renais, nem na vesícula, gordura no fígado, artroses, bursites, tendinites, pegou doenças e não teve sintomas, nem resfriado ficou, joga tênis com a galera mais jovem do clube, porque sempre ganha das pessoas da sua idade, tem gatos que não têm pulgas, que não tem rugas, cabelos brancos, cera de ouvido, caspa, calos, pele oleosa, unhas encravadas, joelhos tortos, pé chato, pernas em xis, joanete, enxerga sem óculos — nada de miopia, estrabismo ou estigmatismo —, lê bulas de remédio, menus de restaurantes praianos especialistas em luaus iluminados por tochas, partidas e chegadas de aviões, placas nas estradas, comprou casualmente quadros de pintores brasileiros iniciantes que hoje estão expostos em algum museu americano, costuma ser convidado para dar palestras motivacionais no Caribe, Ilhas Fiji, Bali, Córsega, você não fica com inveja de alguém com bom senso para não entrar em brigas de trânsito, que dá passagem, que jamais para em vagas de idosos e deficientes, que acena para ajudar apressados na ultrapassagem, que não se importa quando o motorista de trás aciona a buzina assim que o farol de trânsito muda do vermelho para o verde, e que te xinga quando te ultrapassa, sua vaca!, vai pra cozinha!, que nunca foi multada — e nas três vezes em que foi parada na blitz do bafômetro tinha bebido suco de tomate, porque teve um mau pressentimento, que não se estressa quando vê alguém furando a fila do cinema e simplesmente indica outro caixa livre, que salga a pipoca como se sódio em excesso fizesse bem para a circulação, que tolera frutose, glicose e glúten, não tira a fatia de gordura da picanha, que não se importa com a turma de garotos que erraram de filme e, num denso drama romântico, comentam a baladinha da noite anterior e marcam o ponto de encontro da baladinha posterior, moços e moças que chacoalham sacos de pipoca para misturar o sal como se estivessem na ala de chocalhos da bateria de uma escola de samba, que entende tudo de formulário da Receita Federal e está em dia com ela? Lembrei de você. Foi bom demais, não foi? Sabe do que mais sinto falta? De ficar duas horas abraçada com você sem falar nada. Me dá paz...

Adormeceu no sofá.
A ressaca caiu como uma chuva de granizo que atravessa o teto. Especialmente porque foi acordada pela presença do marido, que lia seu laptop com a tela aberta.
— Quem é mocinho? — ele perguntou.
Ela se levantou num pulo, fechou. E não respondeu. Disse:
— Não esquece a terapia.
Pôs o laptop debaixo do braço e foi para o seu quarto. Calculou que estava na hora de colocar senhas em seus aparelhos, do laptop ao celular. Se questionada por que do nada

tinha senhas em tudo, ela responderia: "Por que, do nada, está desconfiado? Quer xeretar minhas coisas?".

Por que Mariane não quis filhos é um grande mistério. Muito ligada em criança, cuidava de sobrinhos como se fosse a própria mãe. Não foi por conta disso que o casamento acabou. Por que eu não quis filhos com Bibi é outro mistério. E por que sentia inveja de amigos com filhos pequenos? Imaginava meus sobrinhos sendo meus filhos, como eu os educaria, o que faria diferente, em que escola matricularia, que nome daria, se preferia menino ou menina, como seria o cabelo deles...

Mandei um e-mail para Mariane. Outra sem rede social, que mora no campo na beira dos Alpes. Cuidava de cavalos e cachorros. Foi uma troca de e-mails divertida. Ela estava bem. Foi receptiva, calorosa, carinhosa, falamos da vida, dos novos tempos. Tudo era diferente. Mariane era maternal e inteligente. Tinha raciocínio rápido. Confiei nela. Lia meus primeiros escritos e palpitava muito. Eu confiava nos seus palpites. Me apontava comentários machistas, pretensiosos, exagerados, falta de clareza, concisão. Me escreveu um textão:

> Sou assim: gente que não se comunica, nem curte, nem posta, não critica, nem milita publicamente, fico na minha, nem lamento a morte de um ídolo para amigos, conhecidos, seguidores desconhecidos e amigos de amigos. Sou antiga. Sou tímida, você sabe. Não estou na rede social, não existo. Não dirijo mais carro. Caminho, olho o nada, bike, ou algo sem a urgência de um registro fotográfico ou um comentário, uma curtida, uma postagem. Bom isso, né? Sou a alienada analógica, não emito opinião em público, nem sabia o que era meme. E tenho opinião forte sobre

tudo, quase tudo. Estou tão longe, desencantada com o Brasil. Muito por fora. Não vi o comercial que todos devem ver, o vídeo a que todos devem assistir, a foto que vai fazer as pessoas pensarem de outra maneira, memes que vão mudar a vida, a rotina, o animalzinho que quer apenas ser amado, o outro que ao invés de devorar a presa cuida dela. Não soube da cidade que DEVE visitar, do livro que DEVE ler, do filme que DEVE ver, leio livros fora de moda, escuto músicas antigas. Não conheço novas tendências. Não fico no celular. Não vi minha amiga fazendo biquinho, outra amiga fazendo cara de sexy, o corte de cabelo da amiga, a lista do que diferencia os homens das mulheres, sei das últimas sobre maconha, aqui não tomamos antidepressivos, só canabidiol é mágico, ótimo pra dormir, ando sobre montanhas. É bom. Não descobri que alguns amigos têm opiniões horríveis e odeiam, odeiam muito, odeiam todos. Sei que muita gente deu uma pirada. Talvez eu tenha me isolado para me preservar. Você me conhece, sou muito sensível... As pessoas eram mais anônimas, menos ansiosas, não precisavam da aprovação alheia, não precisavam chamar tanta atenção, nem criar a ilusão de que somos melhores do que somos. Somente éramos. Você era um cara muito legal. Sabe que te amei muito. Às vezes até penso... em voltar. Se as coisas aqui ficarem tumultuadas, penso nisso. Não tem que se desculpar por nada. Eu às vezes que penso... Poderia dar certo? Eu ficava sempre te esperando. Sua vida parecia tão mais aventurosa que a minha. Você adorava ir às festas, aos eventos. Eu ficava em casa ouvindo Billie Holiday no escuro. Você chegava tão animado. Nem percebia que eu tinha chorado, horas chorando no escuro. E nem sei por que chorava naquela época. Eu te amava tanto...

Ela falava para ela mesma. Estava se abrindo. Confiava em mim. Percebi que não tínhamos muito a dizer um para o outro, apenas para nós mesmos. Nos amamos em sentidos opostos. Nenhum dos dois pegou o retorno. Nossa história não foi uma caravana, uma expedição, mas nos espalhamos, cada um seguindo seus planos, sem abrir mão. Talvez uma relação seja mais difícil de engrenar do que guardar numa gaveta. É preciso fazer um motim contra si mesmo para dar certo. Ceder, ceder, como é difícil ceder. A pergunta que me faço é: por que não cedi e a deixei me guiar? Eu poderia escrever em qualquer canto do globo, poderia viver no campo com ela, poderia viver na Áustria, Itália, Colômbia, numa ilha do Caribe, na praia de Garopaba. Não cedi, foi a escolha que fiz. Peço desculpas? Ninguém cedeu. Seu novo marido cedeu. Comecei a achar o projeto Rever-Ex-Amores-Para-Pedir-Perdão-Sobre-Coisas--Que-Fiz-Que-Nem-Sei-Se-As-Machucaram era uma roubada. Eu tentava me comunicar comigo mesmo.

Na terapia, deitado no divã, o marido perguntou:
— De onde ela tirou isso? Impulsiva. Criamos três filhos juntos, são fortes, saudáveis, educados. Construímos uma casa incrível, condomínio seguro, construímos juntos. E há anos ela fala em se mudar. Não faz sentido. Porque sou mais velho? Ela se casou comigo sabendo que sou mais velho. E agora desistiu? Tá, brigamos, qual casal que não? Tá, o sexo não é como antigamente. Não, não é, claro que não. Mas rola. Não sou ciumento, não sou possessivo, nunca traí, que porra está acontecendo? Desculpe. Estou fora do peso. Mas sexo... Depois de anos, não precisa nem falar. Não se pode jogar fora uma história de parceria. Amor... Amor é ficar todos esses anos juntos, criar três filhos, construir um patrimônio, conhecer o

mundo, apoiar um ao outro, planejar uma velhice serena, saudável, viver até o final dos tempos. Me mandou vir aqui, fazer terapia. Nunca fiz. Sabe como é, quem manda o outro fazer terapia é porque a pessoa é que precisa fazer. Ela fez terapia, não adiantou nada. Quer o quê a essa altura da vida, sair com outros homens? Não, nem sou do tipo ciumento, até podia sair, se ela quisesse. Eu não vou sair daquela casa. Construí ela, cada viga, tora de madeira, fiz à mão. Ela fez a parte elétrica, mas o jardim, eu que fiz. E os gansos atacam ela, implicaram com ela, só com ela. Eu que cuido do jardim, do laguinho, dos gansos, patos, carpas. Se eu for embora, tudo morre, aquilo desaba, se eu sair, levo os gansos. Eles gostam de mim, comem na minha mão. As carpas também. É culpa minha, por que fui me casar com uma aluna, me avisaram, você vai envelhecer, ela vai te trocar por uma pessoa da idade dela, você acha que ela vai ficar com você velhinho, dar seus remédios, aplicar insulina? Acho. Sempre achei. Me casei fazendo uma aposta: confio no casamento, logo seremos avós, morando juntos, amando, na casa que construímos com as mãos. Não vou embora. Não adianta, não vou. Não estamos dormindo no mesmo quarto faz tempo. Mas de lá não saio. Nem deveria estar aqui falando com você, mas com um advogado. Ela me mandou fazer terapia, que pretensão. Aliás, o advogado também mandou. Aquela casa é minha. Até os gansos sabem disso! Por que atacam ela? Sabem bem que ela está errada. Confesso que senti uma vingança ao ver eles na direção dela, com os bicos abertos, eles são territorialistas, me seguem como um líder. Por ela, fazia foie gras com os fígados deles. Confesso que me dá prazer ver eles atacarem ela. Eles expressam o que nunca tive coragem. Em gancês: "Você que deve sair!". Nosso casamento é de mentira, todos são, são pactos para que certas coisas não venham à tona. Não é natural nos tolerarmos por tantos anos, mas religião não é normal, arte não é normal, civilização não é normal. Claro. Por que tudo precisa ser dito? Você casa com uma pessoa, não com os segredos dela, com as fantasias, desejos secretos, rancores. No começo da relação, já percebemos as coisas que vamos esconder. Talvez com o tempo abrimos o jogo. Mas não todas as cartas. Casamentos não sobreviveriam por muito tempo se fôssemos sinceros, transparentes. Mocinho? Ela escreveu para um tal mocinho. Não me ative a ler tudo. Mas só essa frase... Não podemos fraquejar, mostrar nossos medos. Que fiquem secretos. Um amigo, ela disse. Como na guerra, o aliado não pode saber de todas as suas armas e táticas. Ele pode se virar contra você. Nos proteger é essencial. Casamento não é para dar certo. É para ser. É uma guerra. No fundo, ela não quer se separar, fala da boca pra fora. Agora que morreu a mãe. Mas só fala. Ela tem medo. Se acomodou. Para que fraturar uma rotina a essa altura da vida? Acabou a sessão?

A troca de e-mails com Lívia foi cem por cento surpreendente inteligente instigante ponto espaço.
Oie. Quanto tempo... Recebi sua mensagem... Preciso te ver, falar com você... Eu também. Recebeu minha carta? Claro. Minha mãe te adorava, lia tudo, recortava suas colunas, fazia álbuns, tem pastas com suas colunas, se sentia orgulhosa de ter visto você começar, de ter modestamente indicado os primeiros passos... E você? Fala de você... Estou trabalhando para o governo federal, dou consultoria pro pessoal do programa Luz Para Todos... Aquele programa do PT?... Não consegui trabalhar com meu pai, tínhamos desavenças, ele odiava a esquerda, mas não é projeto do PT, é do Brasil, da Eletrobras e concessionárias parceiras, governadores, financiado pelo Banco Mundial, faço projetos elétricos para cidades do sertão

do Piauí, Maranhão, Ceará, são incrivelmente respeitosos, me dão presentes, cajuína, conhece? Uma delícia. Estão transformando o Nordeste. Povo muito educado, inteligente, levamos luz para comunidades quilombolas e indígenas, assentamentos, ribeirinhos, pequenos agricultores, famílias em reservas extrativistas, populações afetadas por empreendimento do setor elétrico, além de áreas com poços de água comunitários, pagam uma tarifa subsidiada, a tarifa social…

O textão continuava. Mandou gráficos, fotos, uma empolgada. Pedi: Manda fotos suas… Não tenho fotos boas… Dos filhos… Filhos e filha, Sofia. Ah, estão enormes… E o seu marido?… Não quero falar dele… Como assim?… Longa história. Você está casado?… Não. Nem tive filhos… Como foi nos Estados Unidos?… Incrível… No final da vida, minha mãe me fazia ler em voz alta alguns livros, alguns chatérrimos… E seu pai?… Papai não está nada bem. Vendeu a construtora há muito tempo. Se decepcionou. Muita corrupção… E seu irmão?… Virou médico. Molecão até hoje… E sua irmã?… Mora na Holanda. Me passa seu endereço, e mando as pastas que minha mãe fez dos seus artigos, entrevistas… Preciso ir a Campinas, podemos almoçar… Nossa, eu ia adorar… Ia?… Se você vier, vou adorar… Vamos marcar?… Vamos?… Onde podemos almoçar? Não conheço mais os lugares de Campinas… Não é São Paulo, né? Mas tem uns lugares legais. Lembra onde eu morava?… Claro… Tem um bem pertinho, Restaurante Cambuí, você sabe chegar?… Eu acho… Claro. Que bom. Quando?

No apartamento do pai, ela sentou na copa com o irmão.
— Só preciso que você diga que vim almoçar aqui com vocês — Lívia pediu.

— O que está acontecendo? — ele perguntou.
— Não está acontecendo nada. Ele anda desconfiado.
— E tem razão de estar?
— Lauro, não me faz perguntas agora.
— Sou teu irmão, quero saber. O que você aprontou? Com quem você vai almoçar?
— A gente tá em crise. Falei umas besteiras. Mas estamos fazendo terapia. Muito tempo casados é foda.
— O que você falou?
— Eu preciso respirar um pouco, ficar sozinha.
— Viaja. Vai a um cruzeiro. Gente da sua idade adora cruzeiro.
— Cara, eu não sou tão velha.
— Você vai largar dele e arrumar quem? Qual homem vai te querer?
— Tá maluco? Quero homem nenhum a essa altura. E tá assim de homem que me canta.
— Vai viajar. Vai prum retiro.
— Não quero fugir e voltar na mesma.
— Quem é esse cara?
— Não é ninguém.
— Com quem você vai almoçar?
— Você não conhece. Só pedi pra você dizer que almoçamos juntos.
— Amante, a essa altura?
— Que amante?! É um amigo. Você não vai entender. Se ele te ligar, te perguntando, diz que almoçamos juntos. No Cambuí. Vai que alguém me vê…
— Vai trair?
— Não vou fazer nada, ok? Escuta. É um amigo que vou rever. Só isso.

Lauro fez ok com a cabeça e depois lamentou. Lívia pegou as receitas dos remédios do pai e estava para sair quando ele disse:

— Já sei quem é.

Ela fingiu que não ouviu e se mandou.

Eu tinha chegado há poucos dias, nem tirei o carro da garagem, será que dá pra viver sem? Faz tempo que não dirijo. Até prefiro táxi, carona, busão, metrô. Gosto de ver movimento, a evolução das coisas, a nova mania, o jeito de andar das pessoas. Gosto de ver pessoas. Jamais moraria no meio do mato, sonho da minha primeira mulher, que aliás se mudou com um novo marido, por sinal, um cara incrível, que só faz bem a ela. Não num mato propriamente, mas no interior austríaco, num canto dos Alpes. Seu mato fica debaixo da neve a maior parte do tempo. Taí um conflito determinante para uma separação repentina depois de dez anos, um urbano com uma rural. Ou tirolesa.

Então me dei conta: não é a mulher com quem me casei e convivi dez anos que me absorve toda a energia, mas a garota que namorei durante um ano na faculdade. Me reconectar a Juliana e Mariane foi como cumprir uma obrigação protocolar, uma entrada para o verdadeiro banquete de sentimentos, que era reencontrar Lívia. Falar com Juliana e Mariane foi apenas uma justificativa para encontrar Lívia. Estou precisando de terapia.

Débora veio me pegar. Fomos no meu carro, eu almoço no Cambuí, ela visita a cunhada e sobrinhos em Valinhos, e voltamos juntos. Seria bom dar um rolê com Débora, que fala sem parar: sabe informações de todo mundo. Jornalistas costumam ser o melhor papo, inventam o que não têm certeza, falam de tudo, fofocam sem pudor. Depois de um ano fora, seria uma atualização aprimorada do que rolou no nosso meio. Nunca falamos do passado, do beijo debaixo de uma mesa de sinuca, da sua temporada em Campinas, em que ela acabou desistindo da Unicamp e, com Evaldo, voltou para São Paulo. Fizeram juntos jornalismo na PUC, estagiaram juntos, trabalham juntos, moram juntos há anos, atualmente uma anomalia, uma arte. Como meu amigo, ela não falava do passado, estavam focados nos filhos, no jornal que tocavam, eventos culturais, fundações, bienais, em artistas plásticos revelação. Talvez ter filhos deixe o passado submerso, e o futuro atrás da porta. Não os ter me prendeu no passado.

Pegou a Bandeirantes. Ela dirigia como uma louca, falando sem parar, passando pela direita, xingando quem ia devagar, disputando corrida com caminhão na banguela, correndo mais do que o limite de velocidade e diminuindo em excesso quando avistava um radar. Eu me afundava, me certificava de que o cinto estava bem atado, me apoiava no painel, enquanto ela contava quem se casou e quem se separou, o filho de quem é bem-educado e as pestinhas, quem faliu, quem está bem, quem traiu. Pegou uma estrada vicinal que eu não conhecia. Ela ia mensalmente ver a sobrinhada, sabia de atalhos e rotas mais rápidas, estradas e entradas novas. A vicinal era uma pista só, mas ela continuava a dirigir como se estivesse na autoestrada, com um adendo: ultrapassava pelo acostamento se alguém à sua frente estivesse lento. Fazia tanto tempo que eu não dirigia que todos se pareciam Wheelers para mim.

Chegamos antes da hora, claro. Ela me deixou no restaurante, tinha pouca gente. Me acomodei numa mesa afastada, pedi refrigerante e abri o laptop. Chequei e-mails. Meu editor disse que minhas colunas circularam pela redação, que era aquilo mesmo, fez muito sucesso, gargalhavam na redação, era para eu continuar no mesmo tom, mas sugeriu parágrafos menores. E anunciou que fariam uma reportagem de capa sobre mim para anunciar a minha contratação, assim que publicassem a do trânsito. Pedi para esperarem, pois tinha que comunicar ao RH do jornal antigo. Não precisava. Apenas enrolei.

Fiquei empolgado, é bom ser paparicado no novo emprego, ou "casa". Sei que o paparico dura um ano, até outra novidade ser anunciada. E em anos começam a tirar os benefícios, não reajustam, essas coisas. Mas por enquanto curtirei que batem bumbo com a minha chegada. Abri o editor de texto.

Quando você recebe o convite para um casamento, repara se a caligrafia impressa no envelope é manual com letra cursiva ou computadorizada, analisando contra a luz? E te entristece quando ao lado do nome de um pai ou mãe vem a mensagem in memoriam?

Se o convite for acompanhado de um cartão com nomes de lojas, em que estarão as listas de presentes, o primeiro pensamento que ocorre é: "Que gente gananciosa, aproveitadora, casam-se só para ganhar eletrodomésticos, talheres e cristais"? E se pergunta: "Qual dessas lojas tem coisas mais em conta?"?

Fica na dúvida se vai até a loja e compra algo da lista ou repassa aquela sorveteira de cristal que nunca usou e ganhou no seu casamento? Na loja, chega perguntando: "O que tem de mais barato na lista do casal tal?"? E se não tem nada de barato na lista do ambicioso e aproveitador casal tal, que nem se ama, desconfia, mas se casa para vender os presentes e rachar os lucros, compra aquele relógio de parede de cozinha em promoção por R$ 19,90?

— Oi.

Lívia na minha frente, jeans surrado e camiseta branca; jeans e T-shirt, ideal dos direitos iguais. Aquele sorriso que ocupa todo o rosto, e olhos esverdeados de outro planeta, cabelos curtos, cor indefinida, não exatamente grisalhos. Estava diferente. Era ela e não era. Era outra ela. Nos cumprimentamos com um beijo burocrático, rápido, esbarrado. Se jogou na cadeira da minha frente. Desabou.

— Que demais esse reencontro... Faz tempo que você chegou?
— Não.
— Está escrevendo?
— Fazendo hora.
— Nem acredito.
— Nem eu.
— Inusitado.
— Ô.

Ficamos nos fitando em silêncio. Ela pegou na minha mão emocionada. Seus olhos inundaram.

— Meus sentimentos... — eu disse.
— Gostou daqui? Tem de tudo. Nada sofisticado. Como você está? Conta tudo. O que está achando do Brasil?

Lívia na minha frente, anos depois... Indefinida. Charmosa. Feliz. Aparentemente feliz. Estranhamente feliz, sedutoramente feliz, numa felicidade com a qual eu não contava, que destoava do desamor que alimentei na memória e do luto pela morte da mãe.

Ficamos duas horas, horas que voaram, não me lembro do que foi dito, não consegui prestar atenção, estava no piloto automático, olhava todos os detalhes, dedos, unhas, relógio, nenhum anel, nenhuma aliança, nem brincos, usava óculos de leitura. Continuava com a mania de segurar no braço ou na mão do interlocutor. Era ela e não era. Era outra, não era ela. Tirando a cor dos olhos, sorriso e encanto, não tinha nada a ver com a que conheci. Falou de filhos, trabalho. Cada momento, surpresa. Foi isso que ficou daquele almoço: surpresa. Ou ela mudou completamente ou não a conheci direito anos atrás, ou não a percebi, centrado no meu amadurecimento, na transformação moleque-homem, mutação que nunca é pacífica. Não saímos de um casulo e viramos outro. Mas aparentemente Lívia era outra. Falou de viagens exóticas que faz: Egito, Jordânia, Tailândia, Vietnã. Sou daqueles que, quando viaja para fora, vai às mesmas cidades, e sempre a trabalho. Acho turismo pelo turismo uma chatice. Gosto da sensação de ir e ter o que fazer, uma agenda, compromissos, palestras, cursos, lançamentos, e com a idade voltar ao lugar que já conheço. Novidade me aflige, me deixa inseguro, amedronta. Gosto de me sentir conhecedor do local, visitante habitual; comodismo. Falou do casamento, que foi depois de se formar, com um professor da pós. Esqueceu o francês. Falamos de Kaká. Então se tocou.

— Me esqueci de trazer as pastas com os recortes. Saí às pressas. Que doida.

Não me lembro do que falei, do que contei, do que me queixei. Ela não perguntou, e não falei de mim. Ela só falou dela. Não falamos da época em que namoramos, aquilo era outra época, aquilo já foi. Agora somos duas pessoas de meia-idade se conhecendo. Só que não. Tinha laços, mal-entendidos, desculpas precisavam ser pedidas. Tanto ela quanto eu estávamos tentando olhar para a frente, apesar de o passado atormentar, estar ali, nas nossas sombras, ou pelo menos na minha. Eu estava diante dela e só conseguia pensar numa coisa: você está diante dela. Tinha ressentimento e carinho. Tinha os pesadelos da minha vida amorosa. Tinha fracassos pelos quais ela foi responsável, depois do fora inusitado, o que me deixou hesitante a vida toda para encarar outras relações. E eu tinha que perguntar, pedir desculpas, onde errei. Duas horas se passaram e pareceram nada. Débora avisou que estava na esquina. Nem me lembro se paguei a conta ou rachamos. Nem o que comi, se rolou sobremesa, café. Me lembro do restaurante, a antiga casa de algum barão do café do passado glorioso da cidade, cheio de executivos almoçando num dia ensolarado. Pensei em Girard: concepção romântica do desejo é ilusão, entre o sujeito e o objeto não existe apenas o desejo, precisamos do rival, do oponente, para servir de guia, odiamos nele o que odiamos em nós, quando pensamos em mediar estamos na verdade ansiando pelo conflito, imitamos nossos adversários, desejamos o que eles desejam, competimos e rivalizamos.

Fomos juntos até o carro. Ela acenou para Débora, que não saiu dele. Abri a porta. Ao se despedir, colocou a mão no meu rosto, e seus lábios foram docemente atraídos aos meus. Propositalmente. Fio desencapado, corrente elétrica, choque na espinha, coração bombou. Sorriu cúmplice. Não foi uma despedida, mas um oi de boas-vindas. Nos falamos. Me escreve. Boa viagem. Estou te devendo as pastas. Adorei. Também. Escreve assim que chegar. Pode deixar. Promete? Entrei no carro, acenei.

Débora arrancou.

— Sério? — ela disse.

Não falei nada, sorri surpreso e... feliz e... vingado?

— Eu vi.

— O quê?

— Você sabe. Você sacou também, não é bobo.

— Você viu?

Débora voltou a dirigir como louca.

— Ouvi que ela está se separando — ela disse. — Marca almoço com o primeiro grande amor da vida, como se quisesse retomar algo, partir do zero. Ela vai se apaixonar.

— Vai nada.

— Quer apostar?

Na estrada. Passava pela direita, esquerda, não seguia lei alguma.

— Criou filhos, o marido não deseja mais, ou vice-versa, aquele clichê todo... — Débora disse. — Quer o passado. Quer um minutinho dele com você, reviver a sensação de um mundo que não existe mais, onde tudo era novo, excitante, emocionante. Agora, você...? Pra que escrever à máquina, se tem o computador? O passado é passado. Namore alguém diferente, uma novidade. Não deu certo, arrisca. Alguém que possa te dar filhos!

— Não tenho sorte na vida...

— Teve seu best-seller. Teve boas escolas, bons professores, teve emprego, bolsa, teve Mariane, Bibi... Uma graça elas. As duas. Reclama à toa.

— Mas fodi tudo. Porque sou egoísta.

— E vai se conformar?

— Um casamento, um quase casamento. Tentei.

— Acabou de chegar no Brasil, prefere rever o que já foi acomodado.

— É bom reviver, revisitar lugares marcantes, hoje diferentes, degradados, sentir o fedor de antigamente, saudades que se confundem, com vontade de reescrever a própria história, repensar decisões, arrependimentos, chance de vislumbrar como teria sido se aquilo ou aquela não descarrilasse, dar mais importância a coisas que, pela imaturidade e inexperiência, passaram batidas e, quem sabe... Eu também desejei muitas vezes voltar ao passado. Quem não?

— Eu, não — ela disse. — Pra quê? — perguntou, sem perceber que ia rápido demais em direção ao pedágio.

— Você é mãe, quer curtir o hoje, o presente, eu não tenho nada. Por que não refazer histórias de amor que foram interrompidas porque não mandei aquela carta, falei o que deveria ter guardado, ou me calei, telefonei na hora errada, não insisti quando desconfiavam da minha incerteza, passei do limite, duvidei de quem era inocente, não ouvi a razão, fingi não ver, ignorei sinais, não entendi códigos, mensagens, não acompanhei mudanças, alternâncias, não compactuei, não emprestei o ombro, não parei para ouvir, não enxuguei lágrimas, oscilei e omiti, não assumi, admiti, nem reprimi, nem abracei, nem escondi direito, presunçoso, pretensioso, precavido, não vi o que estava desfocado, egoísta! Quem não voltaria ao passado? Lembra? Redes sociais eram redes daqueles barcos que subiam o São Francisco e o Amazonas, lembra? Eram redes amarradas, que balançavam com as ondas do rio. Esquece celular, GPS, código de barras, sites, aplicativos. Postar era enviar um cartão-postal com garranchos, resumindo em dois parágrafos à caneta a viagem para um amigo. Seria bom sentir a pele sem protetor solar, dormir em praias desertas e despoluídas, não precisar descer para pegar uma pizza. Fomos uma vez para uma pousada rústica na ilha do Mel. Ela era virgem ainda. Transamos. Eu não penetrei. Mas fizemos de tudo. Ela gemia, e sem penetração gozávamos muito. Lívia tinha dezoito anos, era virgem, tinha tanto medo de engravidar, pânico da dor. Na hora, ela travava. Não. Eu também não tinha experiência, não sabia conduzir...

— Não sabíamos.

— Não temos fotos juntos. Não tirávamos fotos. Nada. Hoje todo mundo é paparazzo da vida, de nós mesmos, selfies, stories. Ninguém consegue imaginar a vida sem exibir nosso

melhor perfil, um panorama das férias, sem falar de preferências e indignações. Não para um amigo, no bar, mas para milhares. Imagino como uma pessoa de hoje ia se sentir presa no anonimato de ontem. Angústia pelo silêncio da sua voz, invisibilidade das suas imagens e do registro da rotina. Ia sofrer por voltar à banalidade, ao comum. Até, aos poucos, voltar à lerdeza e calma da vida privada. Podíamos então relaxar, escrever cartas, mandar um romântico telegrama fonado, marcar a hora de acordar pelo serviço de despertador automático. Lembra?
— Saudosista.
— Telegrama era 135. Despertador era 130. Quem te acordava era atendente, não era uma voz mecânica. Era sexy. A gente acordava com aquela voz rouca, sonolenta, e uma voz delicada, matinal, senhor, está na hora... E sem nenhuma pressa a gente se levantava. Tirava a poeira grudada no diamante da agulha do toca-discos, colocava um LP, e depois abria o jornal, ou um bom livro, e comia pão francês morninho, deixado na porta pelo entregador, e café com leite...
— Já estamos em outro milênio.
— O Brasil está ficando uma merda.
— Então ajuda a consertar.
Abri a janela. Deixei o vento bater na cara e concluí:
— Sim, às vezes penso em voltar ao passado.
Continuamos a viagem em silêncio. Fomos para sua casa em Higienópolis. Evaldo chegou. Anunciei que o concorrente queria me contratar. Comuniquei meu plano de escrever uma coluna no concorrente. Não comuniquei um convite, mas uma constatação. Não perguntei se poderia, deveria, se eticamente tinha empecilhos. Evaldo me cumprimentou pela, como ele disse, "promoção". Fiquei desapontado por ser descartado com tanta facilidade, e pela falta de ciúmes. Minha intuição estava certa. Mudar de jornal, deixar de trabalhar com amigos

do colégio ou da faculdade era mais que um bom negócio, era uma necessidade. Sem contar que me pagariam o dobro. Seria ótimo para nossa amizade, ele não seria mais meu chefe. Ele abriu um Bourbon raro de dezoito anos.

Depois de uma troca de e-mails com frases de duplo sentido e indiretas picantes, não falei o que tinha que falar, apesar de ter muito o que falar. Vamos nos ver de novo, foi a tônica. Sim, vamos. Fiz uma busca e descobri hotéis-fazenda ecológicos na região de Valinhos, Vinhedo, Itatiba, em torno de onde ela morava.
Tirei o carro da garagem. Logo estava na minha minivan a 80 km/h na rodovia Bandeirantes, apesar de a velocidade máxima permitida ser 120.
Descobre-se na chegada que hotel-fazenda está mais para hotel do que para fazenda. Um casarão, a sede, servia de instalações de uso coletivo: lobby, restaurante, salão de jogos, guias, lojinha. No pátio, carros. Os quartos ficavam ao redor de uma piscina. Anexa à sede, uma comprida construção moderna de dois andares e bom gosto. Cada quarto era bem equipado, confortável, com uma varanda para um gramado sem fim. Fiz o check-in, deixei a mala no quarto e fui pra piscina. Estava cheia, bem cheia. Mandei uma mensagem para Lívia:
Na piscina.
Comecei a ler jornal. Tomei uma água de coco. O combinado era ela passar a tarde comigo. O não combinado? É preciso ter coragem para admitir: somos vulneráveis. Homem fala, mas não se manifesta, foge de conflitos. Te desapontei, não quero me camuflar, tenho medo de me expor, preciso de ajuda, meu emocional está bloqueado por medos e dúvidas, quero pedir desculpas.

Não ficou claro quanto tempo ela podia ficar. Chegaria depois do almoço. Olhei o movimento. Que gente era aquela? Pais da cidade levando filhos a qualquer lugar que tivesse espaço. Pai ensinando filhos a nadar. Muitas boias enormes. As boias são enormes, agora. Cisnes gigantes, rosa, brancos, com chifre colorido, espaçonaves da Nasa, botes, boias imitando pneus. Nada era ecológico, tudo de plástico não reciclável. Na minha infância, as boias eram câmaras de borracha de pneu usadas, remendadas. As de caminhão e trator eram as favoritas. As campeãs, as de avião. Não se vendiam boias em cada canto de praia. Compravam-se câmaras em borracharias. Uma das brincadeiras preferidas era descer com primos pela correnteza de um rio. Nada perigoso, sem queda-d'água. Era um passeio suave, divertido, mais para gritar e ouvir os ecos de uma montanha na curva do que para correr com adrenalina, competir. O mundo mudou. Os filhos dos meus primos devem estar hoje em caiaques, coletes, capacetes, remos, disputando quem chega primeiro, trapaceando, atrapalhando, competindo, o perdedor seria humilhado, o ganhador passaria o dia fazendo bullying. O mundo está mais estúpido, menos solidário, mais agressivo, mais salgado. Excesso de açúcar e sódio na alimentação industrial. O mundo está mais louco.

Lívia não chegava. Mandei outra mensagem, e não respondeu. O mundo está complicado. Quanto mais as pessoas se aproximam, encurtam distâncias, por conta de telas e redes, mais elas se fecham, se afastam. Num telefonema fixo, feito de um orelhão por uma chamada a cobrar, a gente marcaria, e ela ou eu apareceríamos pontualmente, porque sabíamos da trabalheira que dava para combinar um encontro. Era assim. E assim namorávamos, não existiam celulares. Raramente uma república tinha telefone. Não me lembro de fazer falta. Encontros eram marcados por cartas, telegramas, telefonemas de orelhão, boca a boca.

Às 14h45, eu não queria aumentar a ansiedade, não olhei mensagens, não insisti, mas me roía impaciente. Olhei crianças se esbaldando na piscina. Minhas férias com meus primos eram uma aglomeração de adolescentes e crianças. Os adolescentes vigiavam os pré-adolescentes, que vigiavam as crianças. Eu era da geração intermediária. Primos mais velhos cuidavam de mim, e eu, dos menores. E gostava de cuidar deles, brincar com eles. Nasceram sobrinhos, amigos tiveram filhos, só eu não os tinha, Mariane não queria, não sei por quê, Bibi quis, não sei por que eu não quis, Mariane atendia crianças em seu consultório de fisioterapia, gostava, passeava com a sobrinhada, bolava programas bacanas, porém... Tinha trinta e cinco anos quando nos separamos. Não quis. Muito estranho. Eu queria. Eu via amigos com crianças e invejava. Via Débora e Evaldo com filhos e invejava. Débora virou minha confidente. Me alertou sobre o encontro num hotel com Lívia.

— Mulher não é boba — ela disse. — Já sacou. E, se for, é porque também quer. E se quer, você vai se animar. Se vocês transarem, e se ela se envolver, você tem que estar preparado.

O atraso me deixou em dúvida. Ela estava com receio do depois. Eu, não. Para mim estava claro. Retomaríamos um papo interrompido há anos. Ou a trepada interrompida há anos. Revisitaria aquilo que começamos juntos. Será que alguém sabe quando se quer apenas desabafar? Não pode ser só sexo. Sexo é fugir do tema. É se esconder. Não podemos sentir apenas saudades e remorsos? Cuidado com o desabafo? Seja honesto. No fundo, você só quer sexo. Mas, ao mesmo tempo, não. No fundo, está confuso. Onde ela está? Fui até a recepção. Perguntei se alguém tinha me telefonado ou perguntado por mim. Nada, ninguém. Cheguei a ir até a porta do hotel, de onde se via a estrada. Carros nos dois sentidos. Nada de anormal. Nenhum meteoro, cataclismo. Voltei para a piscina.

Lívia não vem mais, e não mais nos falaremos, como já não nos falamos há muitos anos. Ela não vai me mandar cartas, e-mails, eu não vou mandar outra mensagem, não vou insistir, se não quis vir, não quis, teme que o passado atravesse o futuro, treme com a ideia do que possa vir a acontecer. Por que demorava, se bastavam duas estradas, a de Valinhos e a via Dom Pedro? Estaria em quinze, vinte minutos aqui, por autoestradas largas. O sol da região de Campinas ferve. Não deve ter ozônio sobre nossas cabeças. Vamos todos morrer de câncer de pele, torrar como os dinossauros. Vamos secar, flambar.

Terminando o almoço na mesa da piscina, vi uma velha conhecida vindo na minha direção de jeans surrado, camiseta branca, um cinto de couro marrom-claro, a bota no mesmo tom e um boné do Greenpeace afundado. Parecia com pressa, olhando o chão. Cruzei o talher e pedi a conta. Vesti a camiseta. Atravessou toda a piscina e veio direto, com um sorriso na cara. Nem me beijou, foi logo falando. Seus olhos esverdeados, que com o sol ficam mais verdes, se fixaram nos meus, e sorriu com o rosto todo:

— Peguei um puta trânsito, que coisa louca, nesse horário! Não entendo mais nada, tá todo mundo louco. Ainda bem que tenho audiolivro no carro, comprei pra minha mãe, ela adorava, ficaram alguns comigo, comecei a ouvir, me desligo, estava ouvindo Karl Ove, conhece, o norueguês? Não sei soletrar o sobrenome, Knausgård. Esse a com bolinha, como será o som? Já estive na Noruega. Só em Oslo. Num inverno. Você ficava se encapotando. Esperava o carro chegar. Corria e entrava. Não passeei um dia sequer. Só corria para entrar em ambientes fechados, aquecidos. Em Palmas é a mesma coisa. Só que calor. Nem se caminha pelas calçadas. No verão. É abafado. É a capital mais quente. Ficamos correndo de ar-condicionado em ar-condicionado. Sabia que em Palmas tem praia de rio com redes protetoras na água, para evitar ataques de piranhas? Na Noruega ninguém come bacalhau. Bacalhau da Noruega é invenção de portugueses. Os navegadores portugueses pescavam lá em caravelas. É o peixe bastão, bakkeljau. Você gosta do Karl? Deve conhecer, li uma entrevista dele. Escreve sobre o dia a dia dele, da família, nos mínimos detalhes, expõe todo mundo. Acho meio foda expor todo mundo, a mulher dele, Linda, também escritora, deu uma pirada, mas ele é tão chato que vicia, fica narrando os detalhes, meia hora falando do posto de gasolina em que pararam na viagem, meia hora falando da festinha de criança, meia hora falando da mulher grávida presa no banheiro, e ele sem coragem de arrombar a porta, chamou um chaveiro, cara babaca, como um cara babaca assim pode virar o escritor da moda, entrevistado em todos os cantos, ainda mais com uma obra chamada *Minha luta*, isso mesmo, *Mein Kampf*, o mesmo nome do livro do Hitler, falou que fez para provocar, que aquela é a luta dele, que luta? Pra abrir uma porta que o trinco travou? A mulher virou ex-mulher. Machista! Eles tinham um pacto: enquanto eu escrevo livro, você cuida dos filhos. Ele ficou famoso e largou dela. Pior que o livro do cara vicia. Você fica querendo saber o que vai acontecer, mesmo sabendo que não vai acontecer nada. Acho que o propósito é esse, nesse mundo de transformações, em que tudo muda, um cara sugere olhar os detalhes. Olhar já é algo em extinção. Falar também. Ficam todos em suas telas. Meu filho menor, que agora é filha, tem até dificuldade de fala, não entendo o que ela diz, fala pra dentro, engole frases. Dá vontade de dizer "manda um zap". Na verdade, virou Sofia agora. Nunca me acostumo. Sempre falo "o filho que virou filha". Já tá na hora de eu falar "minha filha menor", "a caçula". Ela nem reclama,

já está acostumada. A gente que se embanana. Meu marido não se acostumou. Se conformou, mas demorou, com aquela desculpa que todo pai dá quando o filho revela que é gay: "Mas ele vai sofrer tanto...". Mas ela! Ela! Nossa menina! O Karl Ove falou numa entrevista que, sem a ajuda do editor, ele não conseguiria ser o que é. Você também tem um editor que te ajuda? Ele falou que as circunstâncias do trabalho criativo são complicadas, e que todos sabem que o ofício da escrita tem uma enorme mixórdia de neuroses, recalques, aversões, fraquezas, idiossincrasias, alcoolismo, narcisismo, depressões, psicoses, hiperatividade, mania, egos inflados, baixa autoestima, obsessões, deveres, ideias fixas, lixo e preguiça, e num contexto de trabalho com o texto nesses moldes, um conceito como qualidade depende da combinação de autor e editor. Tão estranho o cara escrever intimidades do casamento dele. Escritor é assim, vive uma história de amor com alguém e escreve? Pede autorização? Não é invasão de privacidade? Mulher de escritor deve viver numa paranoia tremenda. Ele vai escrever sobre ontem à noite... Se eu falar isso, ele vai escrever, todo mundo vai saber... Deve ser horrível, como viver num reality show, com câmeras apontadas registrando tudo. O que você está bebendo?
— Água de coco.
— Está tão quente, hoje. Vamos para o quarto?
Até o garçom que passava meu cartão na máquina se surpreendeu. Digitei a senha, olhei. Ela olhou nos meus olhos, respirou fundo. Aquele olhar que dava a volta no meu cérebro, como uma moto no globo da morte. Me levantei, enxuguei a boca, fechei o iPad, respirei fundo. Ela parecia tão confiante que segurou na minha mão. Fomos de mãos dadas até o quarto. Cruzamos a piscina. Não olhamos para trás. Não tivemos dúvidas ou receios. Incrível que tanto ela quanto eu tivéssemos

a mesma ideia, a mesma vontade, e ninguém pensou duas vezes. Era para isso que estávamos lá.

Entramos, nem acendi as luzes, e nos agarramos. Nos beijamos um beijo doce, úmido. Grudados, ela foi tirando a roupa. Eu estava só de bermuda e camiseta. Caímos na cama, ela ficou sobre mim e logo foi me chupar. Pegava nele, massageava e chupava. Me olhava.

— Que gostoso — me disse, sorrindo.

Chupava bastante, parava, me olhava.

— Que delícia — disse. — Teu pau é lindo.

Ela o conhecia. Décadas antes. Nunca tinha me dito isso. Ficou examinando, me olhando sorrindo. Não tínhamos mais aquele corpo delgado como grilos, ela estava forte, estava bem, estava bonita, sua pele tinha óleo cheiroso impregnado, óleo mágico com cheiro de terra, orgânico, de outono, folha seca, comecei a lamber suas pernas, seu quadril, lamber seus peitos, morder levemente os mamilos, estavam firmes, eram pequenos, redondos, beijei-a mais, não parávamos, um deitado sobre o outro.

— Me chupa — pediu.

Encaixei a boca entre as pernas dela, eu deitado, ela sobre mim, e lambi até enfiar a língua, estava molhada, muito molhada, gemia e tremia, segurava minha cabeça para eu continuar, fiquei enfiando a língua, lambendo o clitóris, ela gemia alto, mexia o quadril, pegava seus dedos e abria mais os lábios, passava os dedos na minha língua, na minha boca, orelha, nuca, testa, me lambuzando, esticou a mão para trás e pegou meu pau, mas voltou, não conseguia dar prazer enquanto sentia, e agarrou minha nuca, pressionou todo o seu corpo no meu rosto, tremeu. Agora nós vamos passar a tarde gozando, sem dor, dúvidas, mixórdias de neuroses, recalques, aversões, fraquezas, egoísmo, egos inflados, baixa autoestima, obsessões, deveres, ideias fixas, preguiça, insanidade, insensatez, pressa, insegurança, inexperiência, impaciência de quem tem dezoito anos. Temos todo o tempo. Treparemos até explodirmos, num bombardeio de tesão. O jato do gozo foi nela. Dentro dela. Uma trepada para nunca mais ser esquecida.

— Onde você aprendeu essas coisas? — perguntei com ironia.

Ela gargalhou aliviada, adorou também, estamos sorrindo à toa, deu certo, deu tudo certo, tinha que ser feito, que bom, que coisa boa, foi demais, foi incrível, deu liga, química, sei lá, foi intenso, e me agarrou de novo, recomeçamos. Repetimos enquanto o sol se punha. O laranja do poente tingiu o quarto de luz. Estávamos encharcados de suor e gozo, lambuzados por desejos represados, a barragem tinha se rompido, despejando um grande amor entre nós.

Ela saiu umas oito horas. Decidi não dormir. Voltei feliz para São Paulo na mesma noite. Não suportaria mais um dia na piscina de cisnes. Saímos ambos de pernas bambas. Ela foi na frente, com o boné afundado, olhando o chão. Foi engraçado pedir o check-out e o cara da recepção se decepcionar pois iríamos perder o café da manhã incluso. Eu nem bagagem tinha.

A estrada estava cheia, mas estava tudo tão cheiroso em mim. Voltei a 80 km/h relembrando cada segundo, cada sensação, com a pele arrepiada, cheirando a gozo, suor e folhagem. Ao chegar em casa, escrevi a mensagem:

Adorei que apareceu.

Mas não mandei. Vai que...

Assim que se deitou no divã, ela começou:

— Falou que não vai sair de casa, diz que estou louca. Sempre diz que estou louca, que eu sou imatura, inconsequente, instável, que estraguei aquela família, arruinei com a vida dele. É um jeito bem fácil de lidar com os problemas. Tem alguém acomodado naquela casa, e não sou eu. Aliás, se acomodou há anos. Ele achava que está tudo bem? Fica em casa o dia inteiro, cuidando do jardim, não gosta de sair, viajar. Fico lendo. Antes, eu não lia tanto. Mas morar isolada... Ele construiu uma casa para me aprisionar. Eu tenho mais energia, sou mais inquieta, preciso de estímulo, os filhos estão grandes, e aí, vou ficar fechada no castelo, do trabalho pra casa e vice-versa? Sabe o que é estranho? Não me sinto nem um pouco culpada. Achei que sentiria. E sabe da novidade? Reencontrei o mocinho. Ele ficou num hotel. Combinamos duas horas. Enrolei pra sair de casa. Tremia toda. Tomei florais e não me acalmava. Enrolei uma hora. Estava com medo de ir. Muito medo. Fiquei enrolando na porta. Eu estava surtando de aflição. Parecia alguém com TOC. Entrei no carro, fumei uma ponta que tinha no cinzeiro de algum filho. Mais meia hora tremendo. Suava. Liguei o ar-condicionado. Fui. Para tomar um café e voltar logo pra casa. Minha mão suava. Me perdi, passei a entrada. Mais um tempão para achar um retorno, fazer a volta. Por que fui fumar? Sei de cor aquele caminho. Achei a entrada. Entrei no hotel. Fui pra piscina. Ele de short, todo molhado. Lindo. Sem camiseta. Ou com? Tomava um coco, tão sexy... Seus olhos brilharam. Parecia aqueles comerciais de plano de saúde, ou de vitamina, com um coroa megassaudável, sarado, meio grisalho. Senti carinho, confiança. Não era o mesmo cara de séculos atrás. Era alguém que, eu sabia, gostava de mim, gostou de me ver, se importou comigo, queria me ouvir. Mas não aguentei. Eu estava derretendo de tesão. Falei para irmos pro quarto. Eu fiquei surpresa. Tremi toda, e para me apoiar ele segurou na minha mão. Suava. Que ousado! Você tá louca?! O que você tá fazendo?! Ele me acalmava. Tem uma barba tão macia. Meu mocinho, confio nele. Ele sabe o que é bom. Sempre me protegeu. Fomos pro quarto... Desculpe... Posso usar o lenço?... Estou bem, está tudo bem, estou chorando de alegria... Horrível isso, o que estou fazendo? Por que fui estragar tudo?... Desculpa, não estou conseguindo parar de chorar... Preciso de água.

Pegou e tomou.

— Acabou o tempo?

No nosso segundo encontro no hotel-fazenda, semana seguinte ao primeiro, esperei na recepção e ela chegou pontualmente. Fomos direto para o quarto, de onde não saímos até anoitecer. Um quarto maior, uma cama maior, e ocupamos todos os cantos dela. Agarrados, nos beijando, nos chupando mais, mais, mais. Trepando.

— Adoro essa língua, nem é muito mole, nem muito áspera — ela disse, enquanto eu chupava. E depois disse: — Adoro quando você enfia essa língua em mim.

Pedimos um lanche. Na espera, ela falou de filhos. Percebi que o sentido da vida dela eram os filhos, mais do que a própria carreira. Talvez eu sentisse o mesmo, se fosse pai, teríamos um repertório infinito de assuntos. Mas só escutei, como um bom amigo que gosta de crianças. Ela precisava falar mais do que eu. Deixei. Ouvi. Senti. Me emocionei. Ela queria repartir. Repartiu. Eu disse amigo? Seus olhos brilharam quando falou do Piauí, que estado... Contou a história dele, que foi criado de baixo pra cima, do sul para o norte, de dentro pra fora, do interior para a costa, por vaqueiros, com a subida do gado, do couro, que foi importantíssimo no Brasil colônia, tudo era couro, inclusive o fumo enrolado de corda, enrolado no couro, e não tinha saída para o mar, compraram do Ceará sessenta e seis quilômetros de praia e mangue, faz fronteira com cinco estados, é o lugar com mais escolas e faculdades, o índice de aprovação no Enem é enorme, falou dos parques com pinturas rupestres, estão espalhados em todo o estado, falou de rios, cânions. Teresina tem até metrô, disse. Tem uma das feiras de livro mais importantes, o Salão do Livro do Piauí, que se estende por todo o estado. Sua empolgação era comovente. Acreditava na transformação do Nordeste pós-PT, defendia, deu frutos, a região se desenvolveu, ela levou luz para todos, até a casebres no meio da caatinga, falou de estradas abertas, indústrias, agronegócio no Cerrado, escola, Bolsa Família, água, de como foi duro enfrentar o conservadorismo do pai, de amigos de infância, primos e parentes, céticos, reaças, individualistas, o antipetismo! Não usou a palavra fascistas. Contou que levou luz a quilombolas, aldeias, assentamentos, acampou com sem-terra, falou da produtividade de suas plantações orgânicas. Ganhou deles aquele boné. Que quando o pai viu quase teve um ataque.

No terceiro encontro, só me lembro de ficarmos horas grudados na cama, untados de suor, empapados de óleo da terra, pernas entrelaçadas, eu dentro dela, sem me mexer, o pau dentro dela, nos beijando sem parar, na posição de caracol, em que não se saberia, visto de cima, de quem era aquela perna, aquele abraço, num agarro por entre o qual não passava um pensamento, um sopro, um sentimento, muito menos sofrimento. Como dois gêmeos num útero, como um botão de rosa, com as pétalas unidas, como o encontro das águas de um rio e um mar, misturados, doce e salgado. Não comemos, não fumamos, não bebemos, não nos mexemos, até gozar.

— Adoro seu cheiro, sai da pele — ela disse.
— É tão diferente de anos atrás?
Ela não respondeu e começou a me chupar. Não deveríamos fazer comparações com o passado. Nem tocar no assunto. Às vezes, eu perguntava. Era ignorado. Éramos outros. Éramos quase cinquentões. Quase idosos, grisalhos trepando, rugas se envolvendo, dobras. Velhos que não usam camisinha. Velhos tarados! Desgrudar foi um sufoco. Porque tinha o passado entre nós, mas o presente é que comandava. Mas como chegamos aqui? Por conta de uma carta. Ela foi se vestir. E perguntei do nada:
— Por que você me largou quando eu tinha dezoito anos?
Ela riu, acabou de se vestir, olhou as mensagens do celular, viu que estava atrasada, arrumou o cabelo e, antes de sair, mandou:
— Porque sou uma boba.
Resumiu numa frase banal. E se mandou. Porque sou boba. Porque você é egoísta. Frases que martelam para o resto da vida, ditas num impulso irresponsável. Porque errei. Me ajude a ser um homem melhor. Você não era boba. Babaca era eu. Não dá pra consertar aquele cara de dezoito anos, mas me ajude a ser um cara melhor. Onde errei? Por que você se acha boba? Era um babaca com você. Você não era boba. Eu não te via, não te respeitava, não te sentia, eu tinha rancores, questões mal resolvidas por conta da baixa autoestima.

A volta para São Paulo pela Bandeirantes foi um prenúncio. Apesar de estar a 80 km/h, a polícia rodoviária me parou. Documentos. O guarda reparou na carteira vencida, impostos e multas não pagas, licenciamento atrasado. Cheguei dos Estados Unidos há semanas, vou renovar, claro, não sabia que estava vencida, sou motorista prudente, tenente, vou devagar, eu estava lá onde tem esculturas do Rodin no pátio, cheguei a fazer exame para motorista lá no DMV, nosso DSV, mas nem peguei habilitação, retomei um contato com Campinas, uma moça, morei há tempos lá, foi a primeira namorada da vida, primeiro grande amor, estamos nos vendo, completamente apaixonados, capitão, me disse que me largou porque é boba, ela não gosta de ir pra São Paulo, não sei bem a razão, sou um escritor de um sucesso apenas, agora estou fora de moda e sem grana, só escrevo em jornais, pagam pouco, não sou jornalista, mas como se fosse, sou colunista, cronista, e me apresento como escritor, escrevo sobre mixórdia de neuroses, recalques, aversões, fraquezas, narcisismo, mania, obsessões, deveres, ideias fixas...

— A carteira do senhor ficará retida.

— Retida? — repeti. Ele falava, e eu não entendia.

Tudo errado. Devia ter oferecido logo propina, mas o corrigi. O paulistano corrigiu o sotaque de interior do cara do interior, que eu chamava de tenente, capitão, para criar uma falsa cumplicidade, amizade inexistente que não se constrói com papinho furado. Que certamente não gostava de críticas ao sotaque da região. E falei a palavra errada, "jornais". Polícia odeia jornais em que denunciamos seus descasos, violência, corrupção, abuso de autoridade e uma penca de crimes que repercutem e vão parar numa corregedoria que, se honesta, pune.

Eu mesmo já escrevi sobre a indecente Polícia Rodoviária Federal que fazia vista grossa ao abuso de dois postos policiais, um na Dutra, na entrada para Mauá, e outro na Rio-Santos, Paraty, postos famosos por revistas em carros de jovens e surfistas paulistas e cariocas, especialmente surfistas, à caça de drogas, irregularidades, uma ponta, para apreender o veículo, prender o que eles chamavam de "traficante", corromper suas famílias, não faziam uma porra contra a máfia de carros e carga roubados, contra o tráfico de animais silvestres, madeira extraída ilegalmente, tráfico de armas, drogas, viviam para corromper jovens filhinhos de papai, que viajavam com amigos para se divertir e inadvertidamente esqueciam uma ponta, uma presença, um baseado debaixo do banco, levavam uma geral, uma prensa, e passavam às vezes três dias em cana, apesar da alegação de consumo próprio, sob a acusação de tráfico de entorpecentes. Esses nojentos policiais, em seus quepes afundados na cabeça, roupas apertadas que mal cabiam em seus corpos entulhados da gordura da corrupção, inúteis homens da lei, samangos, aterrorizaram gerações. Quilômetros antes, começávamos a suar frio, a jogar tudo fora, passar spray no carro, na boca, nas mãos. Não adiantava, sempre achavam algo irregular, um documento vencido, extintor vencido, pneu careca, lanterna queimada, trouxinha de maconha. Tinham faro de hiena. Riam sarcásticos como elas. E se ferraram quando eu e colegas começamos a denunciar seus atos. Foram afastados, entrou uma nova geração de policiais, menos ambiciosa. E a lei antidrogas foi afrouxada.

    Uma hora depois, chegava Débora, furiosa. Foi negociar com a autoridade. Alertei:

— Tem um jeito de falar diferente, parece um gago-fanho de Piracicaba, é muito engraçado.

— Pra você é tudo piada?!

— É meu antidepressivo, parece maconha sintética.

— Você paga meu táxi.

Respeitei o mau humor. O veículo foi liberado, já que a motorista designada estava com a documentação em ordem. Voltei de carona com ela e as multas. Em silêncio. Ela dirigindo prudentemente minha van, com uma calma nunca vista antes. Estava brava. Tinha todos os motivos.

    E temi.

O prenúncio? Um presságio de que algo fora da curva estava sendo praticado, algo proibido, com prazo vencido, não deveríamos. Mas estamos apaixonados. Lembre-se dos seus dezoito anos. Lembre-se de que você achava que estavam apaixonados. Lembre-se da impulsividade dela. Você já é outro homem. Porque sou uma boba? Que tipo de resposta foi aquela? O maior trauma afetivo da minha vida foi construído e solidificado porque ela é uma boba? E por que para mim é tudo piada? Agora levo muito em consideração o que dizem pra mim. Por isso, nada dará certo comigo. Preciso desenvolver isso na terapia. Quando um dia fizer terapia. Preciso desenvolver isso numa terapia especializada no masculino em transformação, um novo homem surge, o conceito do homem está em xeque.

— Você lembra de uma noite, estavam discutindo feminismo na nossa república? Alguém entrou no meu quarto.

— E você suspeitou de mim?

— A gente tinha ficado um ano antes.

— Naquela festinha da escola, eu fiquei com todo mundo. Você também.

— O Evaldo te falou o que aconteceu no meu quarto? Eu estava dormindo. Alguém entrou.

— Fiquei lisonjeada de ser adicionada na sua suspeita. Não fui eu.

Por alguma razão, suspeitei que ela sabia quem tinha sido. Suspeitei que estava louca para contar. Se segurou durante décadas. Fiquei aguardando, olhando pra ela. Jornalistas não conseguem guardar segredos.

— Tá. Todos viram. Acabou a luz. Acendemos velas. Estava escuro, mas deu pra ver. Ela se levantou e entrou no seu quarto. Como era o nome dela? Maria? Foi rápido. Eu vi. Eu estava de frente pro corredor. Lívia tinha ido embora. A amiga ficou.

Acabou a luz. Eu não te disse nada. Ninguém te disse. Ninguém tinha nada que se meter. Era um problema da dinâmica de vocês. E a gente era bem louca naquela época. Ela saiu e foi embora. Você gostou? Mudou alguma coisa? Não. Lívia e você namoraram um bom tempo. E pelo visto voltaram a namorar.

No seu escritório, Lívia atendeu ao telefone. Era a polícia. O pai foi encontrado andando nu pelas ruas do Cambuí, algemado e levado num camburão até a delegacia do 1º Distrito Policial de Campinas, Centro. Pela segunda vez na vida algemado. Vizinhos a alertaram. Ela correu, pegou o carro, voou. Tremia. Parou o carro em local proibido. Lá estava o pai, algemado num banco de madeira, protegido por um cobertor velho. Diante da indignação da filha, o delegado explicou que ele resistiu à prisão ao entrar na viatura e mordeu um tenente. Ninguém sabia quem era, de onde era. Estava perdido, sem documentos.

— Ele mora no bairro há anos — ela disse revoltada. — Bastava perguntar. Todo mundo se conhece.

Lívia descontrolada só piorava. Raiva de todos, de tudo. Sua sorte é que chegou Lauro, de jaleco de hospital. Ele pediu desculpas ao tenente, que tinha a mão enfaixada. Checou se estava tudo em ordem, ofereceu um atendimento e tratamento gratuitos na sua clínica, até plástica restauradora se precisasse, para ele e quem da família precisasse, maneira nada sutil de corrompê-lo. Falou que papai estava com um tipo de demência ainda não detectada. Percebemos, interrompeu o delegado. É comum. Vive sob grande abalo, causa estresse emocional, perda da esposa, mamãe. Os tiras riram do fato de aquele médico se referir à falecida como mamãe e chamar de papai o elemento detido nu algemado em atitude de, segundo com o artigo 329 do Código Penal Brasileiro, se opor à execução de ato legal, mediante violência ou ameaça a funcionário competente para executá-lo ou a quem lhe esteja prestando auxílio; pena prevista é de detenção, de dois meses a dois anos. Mas delegados já viram de tudo. E oitenta por cento das ocorrências são dramas e desavenças familiares.

Filhos de policiais se referiam aos pais como senhor e senhora.

Lívia enfim se acalmou e caiu em prantos. Abraçava papai e chorava. Começou a pedir desculpas, fazer carinhos e se desculpar. Se sentiu responsável por não estar perto mais tempo, por não cuidar de nada, por ser egoísta ao ponto daquele ato extremo. Para quê?

— Ele queria pedir ajuda, chamar atenção. Enquanto...
— Lívia disse ao irmão.

Ele não entendeu a dor da irmã, ou se entendeu não deu importância. Médico, ele não se desconcentrava com problemas que considerava menores. Coisa grave, para ele, era hemorragia interna, infecção generalizada depois de uma cirurgia, metástase. Dores na alma, invisível, como culpa?

Levaram papai para casa. Deram banho, chamaram a irmã caçula dele, tia Odete, a solteirona, para ajudar. Passaram cremes, deram sopa. Ficaram o dia todo no telefone. Pesquisaram médicos de demência, clínicas, fisioterapia, o que o plano cobre, ligaram para amigos com pais na mesma situação, ouviram diferentes opiniões, tiveram médicos indicados. Pouco adiantava, poderia ser passageiro, hormonal, terá que passar por uma bateria de exames, sangue, imagem, ressonância, neuros, geriatras. E começou a jornada de dúvidas cheia de encruzilhadas que é cuidar de alguém incapaz: cuidadores, contratar uma firma de home care ou internar, fisioterapia ou terapia ocupacional, nutricionista?

— Acho melhor interná-lo na Casa de Repouso de Barão Geraldo — o irmão, pragmático, aconselhou. — Eles aceitam pacientes com demência, têm enfermagem vinte e quatro horas por dia.

— Papai não vai ficar num asilo! — ela protestou. — Não é justo!

Alheio a tudo o que rolava nos bastidores da família Borg, uma frase reverberava na minha cabeça: Porque sou boba. No começo, ri, porque acho tudo engraçado. Depois, achei fofo, porque o bobo sou eu. Mas, com os dias, a frase se tornou uma charada, e desvendá-la, um tormento. Dita de forma irresponsável, traumatizou o garoto de dezoito anos, que passou a ter dificuldades em relacionamentos amorosos, a considerar o amor como um cacto que mata a sede, mas fere, pode ter veneno ou êxtase. Porque ela é boba me fez ser outro, me trouxe infelicidade... Porque bobo não sou, e quando alguém te larga de repente, tem fogo. Tem erro. Tem algo a mudar e melhorar. Ela não é boba coisa nenhuma. Só quis evitar me machucar ao jogar a responsabilidade sobre sua bobeira. Enfim, não disse por que me largou. Um enigma precisa ser desvendado? Quem disse?

A repercussão da minha coluna de estreia foi enorme. Deram destaque, saí bem na foto da capa, saí melhor do que sou, saí um coroa bonito, maduro, barba rala grisalha, desses que escalam montanhas e configuram computadores. Parecia um fotógrafo do Greenpeace, um velejador num anúncio de Viagra. Causou furor no meio. Minha estreia num novo jornal, a volta ao Brasil, como envelheceu, envelheceu bem... Uma editora quis relançar alguns dos meus livros fora de catálogo, até os pouco comerciais. Me deram um ótimo adiantamento. Começaram a me chamar para eventos literários, feiras, palestras, bate-papos, prefaciar livros, traduzir. Com grana! Jornais de outras cidades pagariam pelo direito de publicar a coluna, o que me daria cinquenta por cento do bruto.

Não sou bobo. Sabia que era tudo passageiro. Talvez até me indicassem para prêmios, e logo eu seria substituído por outra novidade. Sucesso é dissimulado, algo que se aprende no primeiro fracasso, a paparicação dura pouco, vai e volta, estilos literários entram e saem de moda, gêneros, idem, autores, então... Literatura é como a moda, tem as clássicas que nunca saem de. Mas em cada temporada, o estilo, o corte, a proposta, o tipo e a cor do tecido se renovam.

Depois de publicada a segunda coluna, na semana seguinte, uma produtora de cinema me procurou para adaptar uma série baseada nos meus textos sobre neuroses. Cada episódio teria um tema, mas com os mesmos personagens. Série? Isso era novidade para mim... No primeiro contato, descobri que estaria nas mãos de uma jovem diretora empolgada. Ela quem tinha lido, teve a ideia e tocaria o projeto. Fui a uma reunião da diretora cercada por garotos e garotas produtores e roteiristas. Não me falaram do formato e me perguntaram se a protagonista podia ser mulher. Negra. E gay. Ou bi. Uma mulher negra bi, debatiam. Podia ser qualquer pessoa, sugeri, até cadeirante. É um texto que é para ser para todas. Cadeirante...?, pensaram intrigadas. Ou uma anã, provoquei mais. Eu adoraria. Tem um time enorme de atores e atrizes com deficiência, surdos e com nanismo. Estão na onda. Vamos experimentar, radicalizar.

Débora me indicou um agente literário. Tomei um café com ele. Ficaria com dez por cento do que eu ganhasse. É dos caras mais encantadores, cativantes, bonitos e simpáticos que existem. Consegue vender até cinzeiro sujo para antitabagista xiita com seu charme. Se tornou um amigo. Não tenho muitos. Não os mantive em idas e vindas entre relacionamentos e cidades. Sim, separação até de uma relação abala também amizades, afinal, perdem-se amigos, que têm que optar por qual separado seguir. E, como todas elas, Mariane, Bibi, eram mais interessantes e sociáveis do que eu, não sobraram muitos ao meu lado, amigos viraram conhecidos.

Porque sou boba... E depois deve ter ficado com riquinhos campineiros, enquanto eu atordoado dava trombadas no corredor com a horda de malucos da república, vagava pelo gramado da Unicamp, bebia e me drogava, passava mais tempo no pátio, perdendo dinheiro da minha mesada em apostas e cavalos na sede do Jockey Club no centro de Campinas, onde se apostava em corridas de outras cidades, prédio histórico azul com elementos do art nouveau e da neorrenascença, eleito uma das maravilhas da cidade, em frente a um bar vinte e quatro horas... Tudo porque ela era boba e escolhe mal as amigas, repeti o semestre. Abandonei a faculdade.

Na primeira reunião na produtora com meu agente, ficou claro que a protagonista não seria negra, anã, surda, cega. A mulher da diretora era atriz. Branca. Seria a provável protagonista: uma mulher magra, alta, com um sorriso esplêndido e uma voz madura, modulada, sem sotaques regionais. Gostaram da ideia de ela ser fluida e pensaram numa namorada negra. Eu escutava sem me meter.

Me desconcentrei mais, já que falavam de artigos e decretos de leis de incentivo do audiovisual e não do conteúdo. Falavam de canais que topariam, que chamavam de players, em quem estava na posição de comando de cada um, cujo mercado pelo visto tinha uma dança das cadeiras acelerada. Fulano está na empresa X? Não, agora é sicrana. Fulano foi pra Y. Sicrana, da W? É. E o beltrano da empresa Z foi pra empresa Y. Falaram que precisariam de negros e gays na sala de roteiro. Surgiram nomes. Abri meu laptop. Resolvi escrever sobre neuroses de começo de namoro de uma mulher, raça e orientação sexual indefinida, fluida. Poderia ser uma cadeirante.

Começar um namoro estressa mais do que terminar, com o número infindável de códigos a serem aprendidos. Lembra um campo minado. É preciso buscar a rota certa, caso não se deseje colidir com o explosivo das defesas humanas. Para entrar na vida de alguém, que provavelmente teve um sem-número de encontros e relações malsucedidas, é necessário pular etapas, garantir a defesa na retaguarda, cavar trincheiras, esperar o momento certo do ataque, priorizar o bombardeio de defesas inimigas, cortando seu sistema de comunicação, linhas de suprimentos, estabelecer postos de observação e garantir uma ponte para o desembarque da tropa.

Pessoa está saindo com uma pessoa. Desencalhou. Quando decide que começou o namoro, no primeiro encontro, beijo, sexo? Só depois de dormirem numa pousada bucólica carbon free? Mas aí não é "ficar"? É ponderada a qualidade ou quantidade de tempo para classificar a relação como "namoro"? Se é o tempo que indica, é a partir de um mês? Dois?

Beija já no primeiro encontro? Pega à força ou vai desabando cuidadosamente a cabeça, até quase que acidentalmente os lábios se trombarem? Sua jornada começa pela bochecha e só depois escorrega para a boca? Começa pelo pescoço? Orelha? Não sossegará enquanto não ganhar um beijo na boca?

Fui dar um rolê na produtora. Eu não me atrevi a perguntar como transformar crônicas em teledramaturgia. Me desliguei vendo os cartazes das produções cinematográficas. A maioria, comédias populares, com atores famosos fazendo caretas e poses extravagantes. Cartazes de comédia sempre têm cores alegres. O amarelo predomina. É tudo exagerado, muitos nomes nos créditos. Uma garota se aproximou de mim e perguntou se vi *Avatar*. Não vi. Tem um protagonista cadeirante, ela disse, e o filme levanta uma questão eticamente complicada. Jake é um fuzileiro paraplégico e aceita ser mercenário em Pandora para custear uma operação que o curaria. Mas é chamado para assumir o corpo de um avatar, um ser híbrido com cérebro humano e corpo do ser nativo que vive lá, respira normalmente, parece conosco, mas tem três metros de altura, cauda, é todo azul, pele luminescente. Acontece que seu avatar anda, corre, pula. Então ele fica em dúvida se volta a ser um fuzileiro mercenário paraplégico ou continua um pacifista híbrido. Que baita ideia de trama, eu disse. É, um tremendo conflito pessoal, ela disse. E como termina? Fomos interrompidos. Fim da reunião. De repente, todos se levantaram e marcaram de comemorar num bar, "no" bar, que pelo visto é ponto de encontro deles e amigos. Não tinham chegado a um consenso sobre o formato da série e o ou a protagonista, mas sobre o bar, sim.

O bar era um pé-sujo em que tudo era sujo, especialmente para os padrões californianos. O banheiro não dava para entrar; cheiro forte de urina com soda cáustica. Não tinha toalha. As mesas eram grudentas, engorduradas. O cigarro era fumado na calçada, mas da mesa mais ao fundo dava para sentir o cheiro. A chapa em que rolava todo tipo de fritura, sobre uma camada preta de resto queimado, parecia um experimento laboratorial ousado e tóxico de todo tipo de gordura radioativa depositada há anos. Passava uma bandeja de pastel. Esse era bom e bem popular, quitute brasileiro de que eu sentia saudades, e vinha nos sabores de praxe. Aprovei. A cerveja era algo entre suco de milho com álcool e açúcar, quase uma pipoca alcoolizada. O vinho ficava em pé, numa estante perto da chapa, e eles o chamavam de Reserva. Tinha livros e DVDs para vender. Porém, aquele lugar, que chamavam de "pico", estava lotado, todos pareciam se conhecer, e vendia livros com desconto. Fumavam maconha na calçada livremente. Conheci jornalistas e fotógrafos que se apresentaram porque trabalhavam nos jornais em que trabalhei. Reencontrei colegas escritores de feiras literárias e da editora. Conhecia outros colunistas, escritores com quem reparti mesas de debates em cafés literários. Comecei a ser observado, a novidade, de um jeito bem brasileiro, que eu estava desacostumado: olhar dentro dos olhos, por mais tempo do que o normal, seguido por um sorriso. Americanos não olham nos olhos, muito menos num bar. Eu estava bem enferrujado. Olhava e não sabia o que fazer. Na verdade, não queria fazer nada. Minha cabeça estava longe. Não conseguia absorver conversas, não conseguia beber aquela cerveja, temi ir para um destilado, até descobrir a coleção de pingas selecionadas e perceber casualmente que um dos balconistas, justamente o caixa, que ficava ao lado do banheiro fedorento, era especialista. Foi minha perdição.

Comecei a frequentar o bar. Tomei gosto por pastel com pinga. Não me incomodavam mais a sujeira, o acúmulo tóxico do cheiro de cigarro, inclusive de maconha ruim, a chapa radioativa, nem a fumaça da fritura, os olhares incisivos que me deixavam tímido, as conversas aos gritos sobre o que eu pouco entendia. Me seduziram o pastel com pinga e passar o tempo observando, a maior fonte de um escritor em busca de neuroses. E, como acordo cedo, era o primeiro a partir. Uma sacada, pois sei que bêbados perdem o controle e passam a ficar inconvenientes no avançar da noite. Meu papel era só escrever. Só. Não ser conveniente.

Tentei a todo custo convencer Lívia a passar um fim de semana comigo. Não para comer pastel com pinga, mas para nos trancarmos em casa com meu gato Itamar e papear dois dias seguidos. Por que ela não inventa uma desculpa, diz que tem que ir à sede de uma empresa de eletrificação rural, dar uma palestra, fazer um curso, visitar um amigo internado ou estressado ou deprimido? Ou que queria ver um musical da Broadway em São Paulo com amigas, já que ele não a levava para sair, muito menos para ver um. Mandava e-mails, nosso meio de comunicação, ela dizia que não podia, eu insistia, ela insistia que não podia. Por quê? Porque você é boba e eu sou egoísta?

Juntei peças: não vinha a São Paulo por trauma; papai empreiteiro faliu; muitas operações policiais desvendaram corrupção de firmas de engenharia e prenderam executivos e políticos; abusos de autoridades; histeria patriótica e imprensa alucinada, acusando; espetacularização de prisões; indignação nacional; sensação de que, pela primeira vez no Brasil, a justiça era para todos.

Dei uma busca no nome do pai, e, bum!, ele surgiu na tela algemado anos antes, encaminhado ao lado de agentes da Polícia Federal para a Superintendência Regional em São Paulo, Lapa, zona oeste de São Paulo, investigado e enquadrado na Operação Di Spalla. O suspeito ficou preso preventivamente um bom tempo. Dividiu cela com traficantes, ladrões de banco, falsificadores, doleiros, políticos e outros construtores. Recebeu visitas às sextas-feiras de familiares, que levaram pizza. Acusação: lavagem de dinheiro, lei nº 9613, art. 1º; ocultar ou dissimular a natureza, origem, localização, disposição, movimentação ou propriedade de bens, direitos ou valores provenientes, direta ou indiretamente, de infração penal.

    Naquele período, todo o empresariado estava sob suspeita, de atacadistas a doleiros. Sua empresa de construção há décadas tinha uma relação de promiscuidade com políticos da região, financiava campanhas de deputados estaduais, prefeitos, governadores, partidos. A forma como a empresa burlava a legislação eleitoral era engenhosa, até um sócio fazer acordo de delação premiada, a Justiça autorizar escuta telefônica e todo o esquema ruir. O nome da operação? A empresa patrocinava a Sinfônica Municipal. Na escuta telefônica, descobriu-se que o velho, papai, tinha um caso com uma violinista, que por sua influência virou *violino di spalla*, primeira violino da orquestra, a concertina.

    Fez acordo, fez delação, delatou políticos. Foi solto. Ficou um tempo em prisão domiciliar com tornozeleira eletrônica. Com Karen no mesmo apartamento. Ela bebendo. De decepção. Quantas outras foram? Ela bebeu e fumou até conseguir uma metástase. Ele a matou! Imaginei Karen, ética, liderança no departamento, linguista renomada internacionalmente. O que passou pela cabeça da antiga mentora, amiga, como conseguiu circular num ambiente competitivo, de esquerda e hipóteses apressadas, como o acadêmico? E Lívia? Tão correta, matemática, justa... Por isso a irmã partiu para um autoexílio na Holanda. Então por isso Lívia não vinha a São Paulo. Deve ter prometido: nunca mais coloco os pés nessa cidade amaldiçoada em que fui infeliz no amor de filha.

    Ao telefonar, descobri que o hotel-fazenda estava lotado, por conta de um evento. Tive que reservar um de rede executiva na cidade, perto do centro e da rodovia que vem de

Valinhos, desses que não têm serviço de quarto, carregador, o check-in é feito on-line e precisa da chave cartão magnético para subir no elevador. Sem nenhuma pincelada de romantismo. E mais baratinho. Fui de táxi. Em setenta minutos, estava em Campinas. Demorou mais tempo para sair de São Paulo do que na estrada com dois pedágios. Me deixou no hotel. Preciso renovar a carteira...

Era um quarto bom, até. Não com a cama gigante do anterior, nem com uma varanda virada para o gramado infinito. Tinha janelas que não abriam e um frigobar com apenas água. A vista era o centro da cidade. O sol se punha quando cheguei, mas fechei as cortinas. Imaginei que ela não quisesse ver a cidade em que viveu por décadas. Ela teria que vir de Valinhos no horário do rush. Poderia atrasar. Mas chegou pontualmente.

Não esperou um minuto, me abraçou e me despiu. Ela se despiu rapidamente, subiu em cima de mim e me comeu me beijando desesperada, aflita, me abocanhando como um tubarão-branco caçando uma foca. Era como uma viciada na pressa por uma dose, tinha mais aflição na busca do barato que do prazer. Não tinha romantismo ou carinho, era um sexo bom demais entre dois adultos com pressa e sem enrolação, apenas sexo, só sexo, puro sexo, pelo sexo, sexo em si, se é possível sexo estar à parte de todo o conjunto dos conflitos de duas pessoas. Ela quem comandava. Subiu em mim, me agarrou. Esfregava seu clitóris na minha barriga, na minha boca, ela estava muito lubrificada, com muita pressa, muito mais excitada do que o normal, e tinha um gosto doce, melado, enfiava o meu dedo dentro dela, se masturbava me masturbando, me chupava numa afobação tremenda, e talvez por isso demorei para gozar, fiquei atrapalhado, tenso, foi um tesão, mas não foi, dá pra entender? Ela gozou antes de mim e parou. Ao final, suou como nunca, me ensopando também. Estávamos suados e em chamas, especialmente porque não soubemos ligar o ar-condicionado. Pudemos enfim falar. Perguntei das suas relações posteriores ao nosso namoro. De detalhes. Ela me jogou uma ótima desculpa.

— Fala você primeiro.

Falei por que eu não tinha filhos, como tinha acabado meu casamento, por que tinha acabado. Não foi uma conversa, foi um carinhoso inquérito. Me acariciava, me perguntava. Doce, maternal.

— Ela disse que você é egoísta? Você é?

— Talvez.

— Porque você queria filhos e ela não? Porque ela queria morar no campo e você não?

— Pode ser.

— Ela te achou pouco solidário, compreensivo. Porque ela é mulher, se sentia cobrada para ter filhos, mesmo não querendo, e a ter que morar onde o marido queria. Ela se casou de novo?

— Foi.

— Tiveram filhos?

— Não.

— Moram no campo?

— Na Áustria.

— Então deu tudo certo.

— Pra ela. E você. Me largou por quê?

Ela se jogou em cima de mim, me chupou, me chupou, me chupou, me masturbou, até eu gozar. Gostava de olhar minha cara enquanto me masturbava, e ficou me beijando quando gozei na mão dela. Entrou no chuveiro sem pedir licença. Fiquei na cama tentando entender o que tinha acontecido. Então, deu tudo certo. Saiu enrolada na toalha. Não tinha molhado o cabelo. Se enxugou rapidamente.

— Você já vai?
— Vamos ter que ficar um tempo sem nos ver — ela disse se vestindo.
— Imaginei que um dia você iria falar isso.
— Não! Nunca! Não é nada disso... — Veio e me beijou apaixonada. — Eu gosto de você. Gosto muito de você.
— Tenho muita coisa pra dizer.
Aflita, olhou mensagens do celular.
— Papai...
Lá vem. Sempre ele, como há anos, para jogar uma camada de concreto sobre as vontades da filha, enfiar estacas nos seus desejos, alterar destinos. Mais uma vez, aquele velho de quem nunca fui com a cara e vice-versa meteu um muro no nosso caminho. Ela falou rapidamente do dia em que ele foi preso nu, da ida a médicos, diagnóstico de demência, remédios, organizar cuidadores, do drama e mobilização familiar, que ia sobrar pra ela, que sempre sobrava pra ela, que a irmã gêmea não estava nem aí, e o irmão só pensava em si e em internar o pai num asilo, ou casa de repouso, da dificuldade de ter que cuidar de alguém antes tão autônomo, independente, que o irmão ajuda, mas não muito, que só tem ela, e que no momento ela contrata uma firma de home care, faria várias entrevistas na semana, cabeça em outro lugar, confusa, aflita, triste. Me beijou.
— Você é a única coisa boa que tenho — me disse, me comoveu, me convenceu.
E foi embora.
Voltei para São Paulo minutos depois. Dormi no táxi exausto de tudo aquilo, de emoções descontroladas, de ter a vida subitamente triturada pelos altos e baixos de uma paixão. Elas me estressam. Desde os dezoito anos. Me apaixonar me estressa. Se apaixonar estressa, mexe com muitos órgãos,

pensamentos, absorve-se aflição, angústia, a pele formiga, as dúvidas bombardeiam. Fazia sentido no que eu estava me metendo? E pra quê? O porquê era evidente: esclarecer enigmas do passado, aprender com ele, melhorar. Mas assim?

Ao chegar a São Paulo, fui ao bar, que virara minha segunda casa e fechava tarde. Experimentei novos quitutes, como o sanduíche do chefe, um carne louca cujo molho escorria pela mão com aparência nojenta, mas bem saboroso. E uma novidade que começava a chegar e emplacar, a cerveja artesanal, feita de, como todas deveriam ser, trigo ou cevada e lúpulo. Apesar de artesanais, vinham com rótulos bonitos, bem engarrafadas e com nomes originais, algumas de ruas vizinhas da Vila Madalena.

Ao fundo ficava uma espécie de anexo com mesas animadas que falavam de livros. Debatiam escritores que eu andava lendo ou que conheci em eventos. Era uma ala de escritores, editores e professores de literatura. Um escritor meteu o pau num livro que adorei. Chamou-o de afetado, intragável, deprimente. Eu elogiei. Um segundo escritor concordou comigo. Um contista falou que autor mesmo era um chileno que morreu. Não sei por que eu disse que o chileno era supervalorizado. O pau quebrou. O cara não só era fã do chileno como tradutor dele. Uma editora reclamou que só citávamos autores latino-americanos homens e falou o nome de umas três escritoras argentinas que na mesa ninguém vergonhosamente leu.

— Machistas! Elas estiveram na Flip.

— Quem aqui não esteve? — ironizou o contista.

Recebeu uma vaia geral. E eu me achava arrogante...

Percebi que a ala toda daquele bar quebrava o pau por conta de ideias, teses, nomes, estilos. Mas todos eram bem amigos. Literatura era debatida como por torcidas organizadas. Adorei o trabalho de alguns autores ali, especialmente de um gaúcho, um dos escritores mais em voga no momento, premiado e popular. Tinha gaúchos, mato-grossenses, paranaenses, mineiros, pernambucanos, cearenses, cariocas. Ainda precisa de uma explicação o fato de escritores atualmente preferirem morar em São Paulo. No século anterior, preferiam o Rio. Num canto da mesa, umas garotas falavam de George Orwell. Do nada, comecei a falar:

— Somos influenciados por quem? Nada é original, não somos nada, não somos especiais, somos nada. Encoste a cabeça no travesseiro e reflita: você não é nada mais do que um coquetel de ideias mal lapidadas. Tudo ilusão. Combate sem ser autêntico. Todo romance é uma interpretação distorcida de um romance pai. Um romance, um poema, não é uma superação da angústia, mas a angústia em si. A obra de um escritor não é causal. Somos influenciados pelo singular ato da apropriação interpretativa do texto de um precursor e buscamos, numa ação criativa, corrigir o que o antecessor não conseguiu. Escritores estão em busca da originalidade, envolvidos em distorções, desvios, de uma cadeia de ansiedades. O problema foi que começamos a expandir a angústia para todas as frentes de trabalho. Não nos livramos da influência dos que vieram antes. De escritores a músicos, advogados, passando por modelos, terroristas, agentes secretos, ambulantes, marginais. Alguém nos influencia. Vocês sabem.

Num mundo em que a pessoa só é valorizada pelo sucesso que faz, pelo número de seguidores, por influenciar, síndrome da influência estava em alta, angustiava artistas e usuários de redes sociais. Então confessei:

— Certa vez escrevi um texto inspirado no Pateta, da Disney.

Ninguém riu. Só uma garota de franja, aparentemente tímida. Citar Harold Bloom, que pretensioso... Quem era eu para dar uma aula ali? O ambiente acadêmico me contaminou. Não deram bola. Não deram moral pro escritor de um best-seller. Best-seller não é literatura, sucesso não é arte, aprovação é a antítese da nossa busca, ceder é o que não devemos fazer. Mas na mesa com escritoras e alunos e alunas dos escritores ali, que faziam oficinas literárias, como a que entendeu minha piada, toparam o debate. E se divertiam com a síndrome da influência. Citaram cantores pop, bandas que eu não conhecia. E o tema virou Disney, todo incorreto hoje em dia (racista, machista, sexista), influenciado por clássicos dos Irmãos Grimm, por sua vez influenciados por lendas pagãs, bárbaras.

— Você não se lembra de mim? — perguntou a garota tímida.

Olhei melhor e a reconheci.

— Você ficou me devendo o final de *Avatar*.

— Ele fica híbrido, se apaixona e vira líder dos nativos.

Final convincente. Ficamos conversando. Era doutoranda de história da usp, morava com outras numa república, segundo contou, uma casa enorme no Butantã, e prestava serviço como historiadora para roteiros de séries e filmes. Elas se vestiam como eu me vestia há anos. Três delas estudavam com o alto poeta de cabelos escorridos, que falava sem parar. Grandes televisores passavam não um, mas dois jogos de futebol. De Bloom, mudaram o assunto para futebol: o jogo que elas tinham acabado de ganhar; jogadas e táticas; entradas duras e furadas; táticas e jogadas ensaiadas. O debate foi menos acalorado. Aquele bar parecia o café literário de uma feira de livro à beira de um gramado de futebol de várzea, um restaurante da sbpc, a Flip, em que todos ali batiam ponto, ou uma lanchonete de uma faculdade da usp. Eu já não sabia quem era quem de tão bêbado. Comecei a ficar inconveniente, como todo bêbado calado, ou melhor, tímido, que bebe.

Emendei um papo com a moça que riu de mim, a historiadora, que no tête-à-tête deixava a timidez de lado. Tem gente que é assim, trava em público, mas fica espontânea nos bastidores. Como Mariane. Falávamos do boom de autores distópicos. Ela escrevia livros de ficção científica. Fiquei fascinado. Citou autores que eu não conhecia. Colaborava para uma revista americana de contos fantásticos. Estava escrevendo um romance e fazia oficinas literárias. Se no começo a achei simpática, comecei a achar linda. Ela foi se soltando e abrindo um sorriso extrovertido. Foquei as atenções nela. Me vi jogando charme pra ela. Charme de bêbado. Falamos da USP, e notei por alto que vivia no mesmo estilo que vivi quando eu tinha dezoito, dezenove anos. A diferença é que ela e as amigas tinham mais de trinta, eram solteiras sem filhos. Outra geração. Com trinta anos comprei minha primeira casa própria e estava casado. Algumas namoravam entre si. Viviam de dar aulas em escolas, traduções, artigos, congressos, bolsas, colóquios e projetos de pesquisa.

Fiquei num canto conversando intimamente com a nova amiga com uma franja de outros tempos, que passava mais tempo olhando a ponta do cabelo do que o horizonte, tique nervoso que me deixava nervoso, mas a deixava mais linda ainda. Ela estudava grego clássico. Seu romance em construção pegava emprestada a rotina da vida em Atenas, ambientada em outro planeta. Ela vai sugerir no livro que a mitologia grega é real e foi trazida para cá por extraterrestres. Deuses e semideuses se digladiam na galáxia. Tudo real. Falou muito da mitologia de *Guerra nas estrelas*. Fiquei envergonhado ao dizer que nunca assisti a um filme da franquia e mudei de assunto. Ela não conhecia o Acrópolis, restaurante grego na Barra Funda, que servia mussaká, lula recheada, polvo, carneiro e vitela, purê de grão de bico com tahine, charutos de repolho, carne assada, berinjela recheada, coalhada, e tínhamos que nos servir na cozinha, o grande charme do lugar, única referência grega que eu conhecia. Combinamos de ir um dia, ousadia que eu pouco cometia, furando uma travação recente, convidando uma mulher para sair. Parecia uma fraqueza óbvia me envolver com essa garota da idade de Mariane quando estávamos casados, da idade de Bibi quando namoramos. Novamente, eu buscava naquela faixa do passado algo perdido.

Mussaká é dos meus pratos favoritos. Viveria só de mussaká; um cozido de grão de bico e berinjela e tomate, em que pode ou não ir carne moída, precursor da lasanha. É o que eu levaria para uma ilha deserta. Fomos eu, ela e a namorada para o Acrópolis. O dono, Petrakis, uma lenda em São Paulo, que recebia os clientes na porta, nos atendia aos noventa anos, às vezes atrapalhado, salvo pelos garçons e garçonetes do restaurante. Falou com ela em grego. Que não entendeu bulhufas. Grego não é grego clássico. Ela sabia o grego da mitologia, não do dia a dia.

Pelo que entendi, a namorada se mudaria para Londres, era crudívora, grupo que come uma dieta crua ou *raw food*. Explicou que o crudismo é uma doutrina que consiste, grosso modo, no consumo de alimentos crus não alterados pelo fogo, que afetaria a capacidade nutricional: frutas, vegetais, peixes, a chamada alimentação viva. A proposta é cortar o máximo de alimentos industrializados, processados, em busca de uma alimentação próxima do natural. É mais que uma dieta, é uma filosofia de vida. Perguntei se não era estranho nossos antepassados chegarem à era do fogo, mudarem a história da humanidade ao descobrirem que carne no espeto é mais fácil de digerir, portanto podiam trabalhar mais, caçar mais, e agora voltarmos a comer tudo cru. Cogitei se deixaríamos de morar em casas para voltar às cavernas. Fui sarcástico e me arrependi. Só minha nova amiga riu. A namorada, ativista alimentar, detestou o comentário e, lógico, o cardápio.

Contei que numa praia sem luz e isolada de Joatinga, entre o Rio e São Paulo, em que pescadores e caiçaras dividiam casas com gente alternativa hippie com grana de São Paulo, chegou a sugestão da prefeitura de eletrificar a vila. Fizeram uma assembleia. Os urbanos disseram que o lugar ia perder o charme, ia chegar a TV, que a "proposta" seria seguirem isolados, para o descanso coletivo, silenciar noites sob fogueiras, com luaus, histórias orais, música, comida fresca, acordar e dormir com a luz solar. Rolou um debate acalorado. Até um caiçara que nasceu ali sugerir: Traz fiação, quem quiser liga a luz, quem não quiser fica no escuro. Ele venceu a assembleia, e a luz chegou em meses. Anos depois, a proposta de asfaltarem a trilha até lá também venceu. Deve ter rolado o mesmo raciocínio: quem quiser ir pela mata a pé ou de barco, fique à vontade.

A nova amiga concordou comigo. Sua namorada, indignada, perguntou se eu era anti-indigenista. Eu não conhecia o termo, mas imaginei o que queria dizer. Eu não sou nada, deu vontade de falar. Sou apenas um acumulador de fracassos amorosos e literários se tornando alcoólatra. Entendi o raciocínio dela. Só penso demais e, defeito, falo o que penso. Entendi também que estava na hora de mudar de assunto, pegar leve no sarcasmo geracional, respeitar doutrinas alheias. Apesar de eu detestar qualificar as pessoas por gerações, essa não é adepta das ironias. São muito sensíveis...

Aquele namoro ali estava condenado. Uma iria para a Europa estudar e comer comida crua, a outra ficaria e tentaria publicar seu livro numa editora brasileira e curtia comida cozida, carne, massas, até bacon. Uma tinha humor, a outra, não.

No Acrópolis, só a salada era crua. A nova escritora se esbaldou de vitela, berinjela recheada e, lógico, mussaká. A namorada ficou na salada, suco, coalhada. Conversa vai, conversa vem, descobri que a rotina numa república não mudou com a mudança de milênio: festas, bebedeira, drogas leves, sexo explorado, todo mundo com todo mundo, gente pirando e gente ativista chata. Só que eu tinha dezoito anos quando vivi tal experiência. Não vou me estender sobre uma geração ter a fama de não crescer. Quem sou eu, metido numa baita encrenca do passado, a caminho dos cinquenta e sem filhos, passeando com moças doutorandas balzacas que moram numa espécie de república estudantil no Butantã, bairro vizinho à USP, de caso com minha primeira namorada?

A amiga me convidou para a despedida da crudívora no fim da tarde. Rolou numa mesa em que só tinha gente de trinta anos no bar da Vila Madalena. À tarde outro público o frequentava. Ficamos os dois conversando. Ela iria a Campinas para um colóquio na Unicamp sobre mitologia grega. Perguntou como era a Unicamp. Falei bem da universidade, dos parques, da vida cultural, de abolicionistas, e que a cidade já teve a melhor água do estado.

— Campinas são dois tecidos costurados, o ainda agrário e o tecnológico. Já foi do café. Passou a ser da indústria e logísticas. Em Campinas foi inventada a fotografia. De Campinas é Carlos Gomes, que fez um concerto para arrecadar dinheiro para alforriar escravizados. Campinas foi maior que São Paulo. Dela saíam várias ferrovias e nela chegava o café. Cresceu demais e desordenadamente. Até ser atacada pela epidemia de febre amarela. Só então São Paulo a ultrapassou em habitantes e importância. Tem o Colégio Culto à Ciência, em que estudou Santos Dumont. Não é bonito o nome?

Indiquei o hotel de rede do centro bom, decente e barato. Me perguntou se eu ia no colóquio.

— Não sei ainda...

Moça e amigos chegam felizes a um restaurante aconchegante, mas não tem mesa livre. A próxima a vagar será deles, prometem. Aquela da ponta, de frente para o jardim, perfeita para o grupo, já está no café e pediu a conta, indica a gerente. No entanto, o mundo passa a girar em câmera lenta. Nunca se viu pessoas tomarem café com tanto capricho e lerdeza. E não param de rir e conversar. Bebem café a conta-gotas, encontram assuntos novos. Moça seca a mesa? Fica ao lado, fazendo pressão corpo a corpo? Tira a carteira do bolso de cada comensal para apressar o pagamento? Suborna-os para deixarem a mesa livre?

Enfim se sentam. Descobrem que ela balança. Moça é daquelas que não suportam ficar num restaurante ou bar numa mesa que balança. Só sossega se enfiar um tufo de guardanapo sob um dos pés? Reclama com o garçom? Ela é daquelas que leem no cardápio o preço do couvert, para se certificar de que o preço daquele pãozinho com manteiga é suficiente para comprar o estoque de pães da padoca da sua esquina?

Como fiquei um tempo sem ver Lívia, atarefada em criar infra para papai, que entrou na medicação e melhorou muito, escrevi muitos textos para a coluna que supostamente poderia virar série. A novidade era que tia Odete estava morando com papai corruptor.

Não nos vimos pessoalmente, mas não deixamos de nos corresponder. Saudades. Pensei em você hoje. Sonhei com você. Piro quando estou com você. Que maluquice esse reencontro. Que delícia. Quando será que a gente se vê? Em breve, prometo. Promete? Prometido. Obrigado por ser tão compreensivo. Relaxa, você tem que cuidar dele. Minha vida está de ponta-cabeça. A de todos nós... Ela explicou:

Decidi, papai fica no apê do Cambuí, com um time de cuidadoras que se revezam e são organizadas numa escala via banco de horas por um home care contratado, super bem indicado e atencioso, o irmão, que atende numa clínica perto, faz visitas periódicas, e tia Odete mora com ele. O pai está lúcido, bem melhor, parece saído de um pesadelo. Faz fisioterapia, ginástica, caminhadas pelo bairro e exercícios respiratórios diariamente. Então ela contou que decidiu tirar férias e fazer o que mais gosta: viajar sozinha para um lugar diferente.

E foi. Sem me convidar ou levar uma amiga ou filho. Explorar Moçambique, terra de Mia Couto, escritor de quem era fã. Conheceu Beira, a cidade em que ele nasceu, me mandou e-mail com fotos, relatando que parecia um Brasil encravado na África. Comiam mandioca, caju, pão francês, tinha até pudim. Todos falavam português mais parecido com o do Brasil do que com o de Portugal. De Moçambique partiram muitos escravizados para o Brasil. A ligação entre as duas colônias, o tráfico, a troca cultural eram visíveis. Curtiam samba, bossa nova e fado. E tocavam marimba, um xilofone estilizado. Ela fez safáris, bem mais baratos que os da vizinha África do Sul. Viu muitos elefantes, zebras, girafas. Não viu leões. Passou duas semanas sozinha por lá. Repensou toda a vida.

Agendei palestras pelo Brasil, que pagavam um bom cachê. Planejei dar uma oficina literária. Fui aconselhado por colegas. É uma forma eficiente de repensar a própria literatura, disseram. Todo esse tempo, fiquei indo ao bar, saindo com produtores, conhecendo escritores e colunistas em atividade, me divertindo com as polêmicas literárias infindáveis, em que cada um defendia o livro predileto, entorpecidos por cerveja, pinga e pastel.

Um deles levantou um debate polêmico. Prêmios literários (que alguns deles ganharam) nem de longe espelham a qualidade literária. Nem dá para ser assim. Falaram do Nobel. Das injustiças, como Borges, Kafka, Virginia Woolf, Tolstói, Joyce, Cortázar, autores que impactaram o romance e foram desprezados pelo Nobel de Literatura. Autores ali reclamam que editoras fazem lobby para os prêmios. Outros, que é para um grupo seleto. Outros, que é um jogo com truques e nuances político-culturais, em que nunca ganha o melhor, mas o que merece o prêmio naquele ano, respeitando a regra em voga, a diversidade. Pagam-se dívidas históricas em prêmios. Por vezes, é uma causa sendo premiada, não um livro. E estão certos os jurados, eu disse. Dívidas históricas precisam ser pagas, e como escolher o melhor? Poucos concordaram.

Um deles foi jurado de um prêmio que pagava mais de duzentos mil reais ao vencedor. Ele tinha que ler uma quantidade insana de livros em dois meses. Fez as contas. Conseguiria julgar imparcialmente se lesse durante todos os minutos do dia dois livros por dia, sem dormir. Ao mostrar o dilema para a curadoria, ouviu: Relaxa, indica o autor que você leu e gostou. Ganhou o cantor popular que enveredava pelo caminho da ficção. Aliás, muito bom, e já elogiei na mesa.

Encontrei minha historiadora escritora de ficção científica no bar. Sozinha. Acho elegante pessoas que vão ao bar sozinhas, sentam-se sozinhas e demonstram pelo olhar, jeito de sentar, pela linguagem corporal, que um boêmio detecta e respeita, que querem ficar sozinhas. Mas como fico inconveniente depois da quarta pinga, fui educado o suficiente para perguntar se queria ficar só. Não. Ela me convidou para sentar.

Estava triste. A namorada se foi. Se sentia só. Perguntei do colóquio de Campinas. É na outra semana. Perguntei do livro de ficção científica com personagens da mitologia grega. Ela disse que não era um livro, mas publicado em quatro volumes. Porém... Ela pediu desculpas, pediu a conta e desabafou. Falou do assédio que sofria no departamento, que um professor que indica bolsas e congressos dava em cima dela, que isso rola direto, que ser mulher é foda!, que até falam de assédio em empresas, mas é tabu falarem de assédio nas universidades. E que ela vive um dilema. Que já tinha vivido isso com o orientador e teve que trocar de orientador. Imagine... Um merda poder ascender ou prejudicar uma pesquisadora numa chantagem sexual. É injusto. Falei que na imprensa acontece o mesmo, mas tem comitês para denúncias, e que já rolaram demissões. Ela disse que na USP tem estuprador que não foi expulso. Foda! Me deu raiva. Me lembrei de colegas jornalistas que ouviam gracejos diários, que sorriam amarelo, de chefes saindo com subalternas, de diretores de teatro pegando atores e atrizes, de privilégios trocados por sexo. Me deu ódio, desprezo, decepção. Me deu pena das vítimas, chamadas de sobreviventes.

 Por educação, acompanhei-a até o carro. E preocupado com a possibilidade de assédio na rua escura da Vila Madalena. Contei uma piada no caminho.

— Tem casal que tem química. Eu devo ter matemática, porque só arrumo problema.

Ela não riu. Sorriu.

— Eu também... — ela disse.

Destravou o alarme, abriu a porta. Rolou um olhar entre nós. Rolou timidez. Uma nuvem de mistério. Duas pessoas numa rua silenciosa, numa calçada vazia, arborizada, escura. A sós. Tristes. Um abraço. Um beijo rápido. Outra troca de olhar envergonhada. Tchau. Esperei ela sair. Olhei minhas mensagens.

    Mocinho. Voltei. Preciso te ver! Trouxe presentes. Máscaras de madeira usadas em rituais: uma do bem e uma do mal. Quero muito te ver!
                                                                       L.

Na semana seguinte, lá fui eu. Virou uma carreta na estrada. O trânsito parou. Ambulâncias do resgate, bombeiros e muita polícia passava na contramão, todos os tipos de polícia, militar, civil e rodoviária. É um caminhão de carne, estão saqueando a carga, ouvi o motorista do táxi dizer:
— Vai demorar.
Ele abriu a porta. Saiu para olhar e fumar. Um ônibus em frente abriu a porta. Da mesma empresa que eu usava há décadas. Quem quis sair pôde esticar as pernas, sem ir longe. Eu continuei onde estava. Eles, hipnotizados por suas telas luminosas, eu, pela vista de um cacto no meio do gramado. O que um cacto estava fazendo ali? Quem o plantou? Era desses que se encontram nos desertos de Nevada. Como veio parar aqui? Era enorme, majestoso, solitário, cercado pelo que restou de Mata Atlântica. Muitos pássaros migram com sementes no trato digestivo. Um intruso de terras secas que se adaptou à umidade da floresta tropical. Imaginei que, se eu não tivesse voltado ao Brasil, e seguido meus planos, dar aulas em Berkeley, comprar uma moto barulhenta e viajar pela Rota 66 com um casaco de couro com franjas, cruzaria com muitos cactos e desertos. Aquele cacto foi um sinal?
    Olhei no acostamento a fumaça de cigarros se dissipar. Reparei nas nuvens. Poucos reparam nas nuvens, em suas formas e na direção. Reparei que duas nuvens estavam em

sentido contrário e iriam se chocar: uma menor, rala, e uma densa, bem formada, como uma ilustração de livro infantil. Na ponta de uma delas, a maior, parecia ter um lobo de boca aberta que abocanharia a menor, engoliria a outra por completo. Mas sempre vemos cachorros e lobos em pontas de nuvens, que no fundo nos amedrontam, pois não sabemos de onde vêm, no que irão terminar, numa chuva com raios e granizo, dessas que alagam a cidade, ou será passageira. Não entendi como elas podiam estar na mesma direção, mas em sentido contrário, se tinham o mesmo vento empurrando. E esperei o grande choque, a maior engolindo a menor, uma fusão, até aos poucos descobrir que eu era vítima de uma ilusão de óptica: a maior estava acima da menor, passaria por fora, talvez longe. É preciso aguardar a movimentação para entender o que se passa no céu. De cada ângulo era uma imagem diferente, o fenômeno dependia da altura do observador. Continuei olhando, fixava o olhar em alguns pontos da nuvem, até perceber que uma estava parada, a maior é que estava se movendo. Então a maior chegou para se juntar com a menor? O que sairá dessa junção, chuva? Há quanto tempo a menor está parada? A fusão é um fenômeno natural de acomodação. Mais tempo observando, desconfiei. Ambas vão no mesmo sentido. A ilusão era de que a maior, por ser a maior, se movimentava mais rapidamente. Mas ambas iam, lado a lado, para o mesmo lado, estavam em busca de um lugar para se acomodarem ou se dissiparem. Existia algo mais forte e poderoso que as comandava. O vento! Ele decide. Ele é o deus das nuvens, traça o destino. Não têm livre-arbítrio. São domadas pela força superior. Viajam, como a semente de um cacto, inquietas e imprevisíveis.

O motorista buzinou. O trânsito a fluir. Partimos. Reli a mensagem.

Mocinho. Voltei. Preciso te ver! Trouxe presentes. Máscaras de madeira usadas em rituais: uma do bem e uma do mal. Quero muito te ver!

L.

Tradução:

Oi, apelidinho que te dei há anos, quando eu era boba. Voltei, fiquei de bobeira, depois de refletir muito. Te trouxe umas bobagens, do bem e do mal, porque é isso que você é para mim, me faz bem e me faz mal. O sexo é bom, mas é um erro bobo revivermos algo que não existe mais. Quero muito te ver, pra te falar de novo: eu ainda sou boba. E vou assinar com outra letra agora, por bobagem, e você saberá muito bem quem é.

B.

Não somos nuvens. Num momento, decisões precisam ser tomadas. Tem aqueles que dizem: se não consegue tomar uma atitude racional, escute o coração. A única coisa que consigo escutar dele é bum-bum-bum-bum... Não entendo a expressão, não sei ouvir o que meu coração diz, nem sei se devemos tomar decisões escutando-o. Deve haver um lugar de decisões certas no cérebro. Ele tem velocidade e capacidade para processar, contabilizar perdas e ganhos, baseado no subconsciente, consciente coletivo, ego, superego, descarregado em sonhos, analisa todo o tabuleiro e diz: jogue com aquela peça, xeque. Onde está o escaninho de decisões que são as certas? O coração só bombeia sangue, é um músculo. A ala de desejos do cérebro a querer, a ala da paixão a querer, a ala que tem medo da entrega está em alerta máximo, a ala que guarda "desapegar" já se pronunciou. Rancor tinha sido mobilizado no meu cérebro, mas o coração não me diz nada. É o estômago que dói na angústia. Nele, hormônios afetam o raciocínio. Pense com o estômago. É a pele que formiga. Dizem que a pele é o maior órgão do corpo. Pense com a pele, arrepiou? Mandei a mensagem:

Vou atrasar uma hora.

Se tornou bem mais conveniente ficar hospedado na cidade, no mesmo hotel. Lívia chegou em seguida, e foi emocionante revê-la renovada, depois da viagem. A pele indicou. A espinha indicou. O coração bombou. Você gosta dela. Chegou com uma mochila. Vinha da casa do pai. Papai melhorou bastante, disse mais aliviada. Remédios fizeram efeito.

Ela se deitou na cama e rolou de novo aquela sensação boa se espalhando por toda a corrente sanguínea, com o estômago feliz. Ela mexia comigo, eu mexia com ela. Ficávamos eufóricos toda vez que estávamos a sós num quarto. Em menos de um minuto da entrada, da olhada no olho, para se certificar como o outro estava, e confirmar que estava tudo bem, dos sorrisos, estávamos nus na cama nos pegando. Menos de um minuto, estávamos grudados, colados, untados, encaixados, nos amando com todos os órgãos em ebulição. Nem ela me deu o presente, nem contou da viagem, nem falei da série sobre minhas crônicas. Nossas bocas não se desgrudavam, nossas línguas não paravam, nosso suor nos colava mais, suas pernas agarradas em mim me grudavam mais, meu pau dentro dela não sairia tão cedo, sugado, nossos braços nos prendiam num nó, num abraço difícil de desatar. Dessa vez, trepamos em silêncio, concentrados.

Só fomos nos desgrudar tempos depois.

— Vou dormir com você hoje.

— E sua família?

Eu não disse marido, ex-marido, mas família, que englobava marido, três filhos, patos, gansos, jardim, flores, uma mansão em Valinhos, além de papai corrupto com demência e irmão reaça.

— Quero dormir com você, acordar e tomar café da manhã.

Do susto, passei a ter uma alegria considerável, a me sentir querido, o que não era há muito. Claro, vamos dormir juntos, grudados, pelados, entrelaçados. Ou trepar até o café da manhã. Podemos pular o café da manhã e trepar até o check-out. Há muito queria hospedá-la na minha casa em São Paulo, brincar um fim de semana de marido e mulher. Pena ela não conseguir ir a São Paulo. Pena ter trauma. Pena existirem traumas.

Já como uma rotina, ela me olhou no fundo dos olhos para se certificar de que eu aprovava a ideia arrojada e inédita, sorriu, se levantou, bebeu uma água do frigobar e foi para o banho. Ela suava demais, era muito lubrificada, eu gozei nela, ela era demais. De novo, sem camisinha. Seu celular começou a vibrar. Estava em cima do frigobar. Vibravam até as garrafas dentro. Parou. Vibrou de novo. Alguém ligou de novo. Alguém insistia.

— Tem alguém te ligando — eu disse, alto.

Não escutou. O celular parou. E ligou de novo. Eu nunca tinha reparado no telefone dela. Alertas de mensagens começaram a pipocar, com notificações. Seu celular nunca tinha dado sinal de vida na minha presença. Alguma coisa aconteceu. Alguma coisa importante. Deve ser urgente. Seus filhos? Papai? Me levantei, peguei o aparelho sem olhar, abri a porta do banheiro e disse:

— Teu telefone não para de vibrar.

Ela estava no espelho, se olhando já enrolada numa toalha, tirando a touca de banho. Vi a nécessaire na pia. Vi escova e pasta de dente, óleos, remédios homeopáticos, florais, colírio, pinça, até um secador de cabelo. Me toquei que eu não tinha levado nada. Ela olhou o visor do celular, abriu os olhos num susto e fechou a porta. Voltei para a cama. Eu estava relaxado, aliviado, sonado. Aquela situação me trouxe conforto, conforto de ter alguém, de gostar de alguém, de ser amado. Fechei os olhos, respirei fundo, relaxei mais. Estava quase dormindo quando ela se deitou ao meu lado e me abraçou.

— Aconteceu alguma coisa?
— Está tudo bem — ela disse.
— Era algum filho?
— Não.

Aquilo me alertou. Me ergui na cama, olhei para ela:
— Quem era?
— Está tudo bem. Era papai.
— Ele está bem?

Ela fez uma cara preocupada.

— Eu disse para o meu marido que ia dormir com papai, e instruí ele sobre isso. Só que ligaram para lá. Tia Odete não atendeu. Ele atendeu antes. Papai se embananou. Acabou dizendo que eu não estava, que não ia dormir lá, coitado, me pediu desculpa, mas disse que insistiram em saber onde eu estava, e ele se contradisse, se atrapalhou. Tia Odete também pediu desculpas.

— Foi seu marido quem ligou te procurando?
— Está tudo bem. É bom. Assim ele descobre logo. A gente resolve logo. Vou dormir aqui. Vou dizer que dormi aqui. Vou falar tudo. Está na hora de ele saber.

— Ele não sabe onde você está?

Pareceu decepcionada com o tom da minha pergunta. Me sentei. Pele, estômago, espinha, coração, corrente sanguínea, tudo se concentrou numa só informação, levada ao cérebro: está errado.

— Não. Não faz isso. Não assim — pedi.
Ela me olhou surpresa.
— Assim como?
— Não com esse estresse. Vão ficar preocupados.
— Não faz isso — ela pediu.
— Vão ligar pra todos os seus amigos para saber onde você está.
— Não faz isso — ela repetiu.
— Vão ligar pra hospitais, polícia.
— Agora está feito.
— Dá para corrigir. Liga pro seu marido. Manda mensagem. Diz que está jantando com uma amiga. E vai para a casa do seu pai.
Ela refletiu, olhando o celular.
— Dorme na casa do seu pai — pedi.
— Não. Não.
— Você está envolvendo um monte de gente, machucando um monte de gente. Vai para a casa do seu pai, liga pra eles, diz que seu pai se confundiu, é a demência, que você foi jantar com uma amiga, com um cliente. Diz que foi num hotel jantar. Este hotel aqui.
Ela me olhou incrédula.
— Não faz isso — ela disse.
— Dorme com seu pai, confirma sua história, amanhã vem cedo e tomamos café da manhã.
Falei história, mas poderia dizer álibi. Me olhava espantada pela minha momentânea e rara lucidez, e ficou na dúvida. Era um passo grande demais. Fui tão convincente e lógico, tão racional, que tive certeza de que eu não sabia ouvir meu coração, nem meu pau, nem os astros, orixás, I Ching, ler búzios, tarô, eu só conseguia ouvir meu cérebro, bombardeado por anseios e medos, traumas, calculando alternativas, dando

razão à prudência e voltas, voltas, voltas... Fui convincente, tanto, que não tinha pressa, mas ela se levantou, se arrumou.
— Tá.
Pegou suas coisas e se foi. Tá. Fez bem. Fez?

Num dado momento da vida, refletimos sobre romances que abandonamos, parcerias que desfizemos, conflitos que evitamos, amores que desapontamos. Refletimos sobre quem fomos e como agimos durante relações humanas tempestuosas. A maioria não se amalgama. Muitas vezes, o arrependimento vem num furacão sobre águas mornas que ganha força. Existe a chance de rever algumas paixões e erros do passado. Existe a chance de desfazer mal-entendidos. Como um raio: pode dar em luz ou fulminar.

Desesperado por um cigarro, me vesti, desci. Num bar na esquina, comprei a cerveja que tinha, o cigarro que tinha, voltei para o quarto. Tomei a cerveja na garrafa. Desceu aquele gosto amargo. Acendi um cigarro, ignorando avisos de não fumar. Usei a lixeira como cinzeiro. Fiquei tonto de beber e fumar muito rápido. A cidade estava quieta, estava tudo quieto, e eu inquieto. Quando estou inquieto, uso meu tranquilizante. Imaginei escrever algo sobre o desespero de um fumante, que já calculou quanto tempo leva para fumar um cigarro, para acender precisamente nos minutos que antecedem um cinema, um concerto, ou se quando viaja de avião seu embarque é pontuado pelo cigarro. Acende um antes de entrar no aeroporto, dois? Despachadas as malas, com o cartão de embarque na mão, corre para fora do prédio para fumar mais um? Se parar de fumar, joga fora todos os cinzeiros da casa ou mantém no mesmo lugar, como urnas mortuárias? Fumar é uma fonte vasta de neuroses. Dependendo do trago, longo ou curto, fumar acalma e excita, por isso cigarro é mágico, vicia. Eu tremia. Que merda estou fazendo? Matei toda a cerveja e fumei seis cigarros seguidos. O quarto parecia uma trincheira da Primeira Guerra. Vou embora pra casa. Chamo um táxi. Claro que não. O que está me acontecendo? Eu é que estou envolvendo um monte de gente, machucando um monte de gente.

Abri o Google Maps. Digitei Ba-rão Ge-ral-do. Comecei a procurar minha antiga república. A rua tinha se transformado completamente. O terreno em frente, o pasto da fazenda, foi loteado. A cerca de madeira se foi. Barão Geraldo estava enorme, tomado por condomínios e empresas de tecnologia. Minha rua era agora exclusivamente comercial, todas as casinhas se transformaram em comércio, ou foram demolidas. Acho que achei a minha, não tinha certeza. Não me lembrava do número. A lavanderia vizinha não estava mais. Só pode ser a minha. Estava abandonada, inabitável, no ponto para ser demolida.

Enfim, tomei um banho. Me deitei olhando a janela. Estou sendo egoísta? Estou sendo mesquinho, numa confusão entre tesão, vingança, dar o troco, amargura. Quero ela para sempre? Não sei. Banco? Talvez. Seguro a onda? Não. Quero ser um homem melhor? Sim. Só há uma maneira, portanto, de essa história terminar. Como? Parece evidente.

Não dormi. Não sei o que está acontecendo comigo. Ando numa preguiça… Pode ser transitória, afinal, voltei há pouco tempo. Mas lá eu também acordava assim. Sentia um vazio na vida, uma falta de interesse em tudo. No fundo, eu ia àquele bar achando que lá eu me curaria com pastel, cerveja artesanal e pinga, interagia com pessoas, ria, polemizava, participava de debates, já sabia nomes de alguns garçons, dilemas do cardápio confuso engordurado. Mesmo lá, turbinado pelo álcool, depois de um tempo, sentia aquela angústia de sempre, o vazio, e queria ir embora, era sempre o primeiro a ir. Ao chegar em casa, ainda ficava um tempo vendo filmes e séries. Há tempos não lia um livro. Nem liguei para amigos antigos. E Lívia? Parece aquela droga que te deixa em êxtase por algumas horas e depois deprime. Vicia.

    O sentimento de empatia é poderoso demais dentro de mim, e até me culpo por ele. Sou capaz de sentir pena daquele atleta arrogante que todos odeiam, se torço para um time que todos do bar estão torcendo também gosto do rival, dos rivais, de todos eles, não sou fanático por nada, nem cabeça-dura, sou aberto a mudar de opinião, gosto de mudar, e me coloco no lugar do outro com facilidade. Numa revista semanal em que durante anos fiz críticas literárias, resenhas, eu não criticava ninguém. Na verdade, meu raciocínio era simples: o que indicar ao leitor? Eu recebia cinco livros, mas tinha que resenhar apenas um. Um estava pretensioso, exagerado, com muitos clichês, personagens desinteressantes, o maior pecado de qualquer escritor. Três livros eu achava razoáveis. Porém, um se destacava, era chique, econômico, sem grandes arroubos semânticos, escrito com inteligência, para ser lido e entendido, que conta magistralmente a história de alguém, traçando seus segredos sem censura, nos fazendo refletir. Leitor é voyeur. Então eu pensava, esse indicarei ao leitor, e dava quatro estrelas: ótimo. Por que vou indicar o ruim, detonar ele? Certa vez, numa reunião de pauta, um crítico de cabelos azuis meteu o pau em mim, porque eu era muito condescendente, gostava de tudo. Ele dizia que críticos não devem ter amigos. Esse cara foi demitido tempos depois, ficou nas redes sociais metendo o pau na revista e sumiu.

    Gosto de ter amigos, defendo o mercado, sei da dificuldade de escrever livros, sei de bloqueios, crises, noites maldormidas, do esforço que é. Vou exaltar quem merece e ser aliado do leitor: vai nesse que é bom. Tá, sou condescendente, manteiga, sofro de empatia, me identifico, não sirvo para ser crítico literário, mas para ser aqueles caras que escrevem orelhas ou prefácios: só elogios. Sou aliado da categoria tão sofrida de escritores, não da crítica. Por isso, virei só colunista. Foi por isso que mandei Lívia embora, acho. Tive empatia pelo seu marido, filha e filhos. Até pelo maldito papai.

Lívia tinha a chave do quarto, entrou de manhã, nem me beijou, nem reclamou do cheiro de cigarro. Estava mal-humorada. Lembrei-me de algo que tinha se apagado na minha memória: ela era impulsiva, tinha eventualmente ataques de braveza, impaciência, mau humor. Me lembrei da esguia Lívia de anos atrás, agora de cabelo grisalho, mais forte, bronzeada, com a mesma cara emburrada do passado, respiração tensa, o maxilar teso, leve prognatismo, com jeito de quem quer me esmurrar, mas se contém. Tinha me esquecido completamente dos seus defeitos.

— O café vai encerrar — ela disse.
— Bom dia. Tudo bem?
Jogou umas pastas cheirando a mofo sobre a mesa. Lentamente, tomado por tabaco e cerveja de milho, com toda a calma, abri as pastas, os recortes da minha vida guardados e catalogados pela sua mãe. O mofo subiu, encostou no meu rosto e imediatamente me travou a garganta: alergia.
— E minha máscara?
Ela não respondeu. Viu que tinha cigarros, acendeu um. Fui ao banheiro. Fechei a porta no automático, ignorando nossa intimidade recém-readquirida. Lavei o rosto e me lembrei do meu celular na mesa, carregando, desbloqueado. Ela não vai ler mensagens, vai? Vai. A maioria lê. Quer saber onde está se metendo. Muita neblina entre nós.

* * *

    Lívia olha a janela, traga, assopra, a vista da sua cidade, da cidade em que nasceu, cresceu, traga, assopra, é feliz e infeliz, seus filhos nasceram nela, olha o Centro de Convivência, a Prefeitura, biblioteca, traga, assopra. A Santa Casa. Vê-se tudo daqui. Sua imagem refletida na janela espelhada. O que estou fazendo, traga, assopra, traga, assopra, traga, assopra. Que viagem... Foi gostoso, é uma delícia. Estava curiosa. Ele também. Mas papai... Meus filhos... Ele tem razão. Preciso cuidar da família, de mim. Onde estou com a cabeça? Que viagem... Traga, assopra e apaga.

    Lavei as mãos calmamente, o rosto. Saí, ela estava sentada na janela, lendo suas mensagens. Meu celular estava intacto. Li as minhas. Ela ficou na tela dela, eu na minha. Ela se fechou na sua bolha, eu na minha. Meu agente me escreveu: a série não foi aprovada, e o produtor liberava os direitos pelos quais, aliás, não pagou. O streaming achou pouco popular.
    — Vamos? — ela disse e pegou a bolsa.
    — Queria te dizer que você gostar de mim assim, como eu de você, me deixa emocionado. Desde o primeiro reencontro, quando eu voltava para São Paulo, eu ficava encharcado de um sentimento de gratidão, relembrava cada segundo, o que você fez comigo, como fez, como gostou, amei esse reencontro. Será inesquecível, como foi há anos. Sei que não sou um cara completo para você, não estou cem por cento com você. Será que seus filhos gostariam de mim? Será que vai durar? Minha vida lá, a sua aqui...
    — Vamos? — ela repetiu.

Descemos o elevador como dois estranhos. Ela se olhando no espelho. Eu a olhava. Ela me olhou, sorriu e voltou a se examinar no espelho. Na recepção, a caminho do restaurante, fui surpreendido por um rosto familiar, a tímida historiadora escritora de ficção científica, que me olhou como uma velha amiga. Abriu um sorriso espetacular:

— Você veio?

Olhou minha acompanhante. Apresentei. Você veio?! Lívia nem a cumprimentou e foi em direção à porta do hotel. Fui atrás. Na calçada, perguntei:

— Aonde você vai?

Ela deu o tíquete ao manobrista. Pagou.

— Calma, calma... O que aconteceu?

— Eu não deveria ter vindo.

— Entra, vamos conversar.

Chegou seu carro. Entrou nele. Tentou fechar a porta. Segurei a maçaneta, ela forçou, eu forcei, lutamos por ela.

— Me deixe em paz! — ela exigiu.

Soltei. A porta bateu. Ela foi embora.

5. Carrossel

Meu filho aos sete anos me acordou.

— De quanto em quanto tempo tem um futuro?

Demorei para entender.

— De dez em dez anos — respondi.

— Então sempre terá um futuro?

— Sempre.

— E sempre estamos num?

— Sempre.

— Tem o passado e o futuro?

— E o futuro vira passado.

— Todo mundo tem passado?

— Todo mundo.

— E todo mundo tem futuro?

— Claro.

— Você gosta de pensar no passado.

— Me deixa dormir.

— Eu já estou no meu futuro ou ainda no passado?

— Você está no presente.

— Mas você não disse que eu estava no futuro, que vira passado?

— Feche a porta.

— Por que o futuro é de dez em dez anos? Tinha que ser menos.

Tem razão. A cada ano, a distância entre presente e futuro diminui. O mundo está girando rápido demais, e aqueles que se afligem preferem sair do carrossel e viver no antes, mesmo que seja arriscado sair com ele girando. Cometi esse erro. Mas deixei tudo para trás. Ganhei um prêmio literário, por conta de um livro infantil, cujo protagonista tem o nome do meu filho. Continuei frequentando o bar em que conheci a mãe. Nunca entendi por que alguns amigos iam embora cedo, pois tinham que levar o filho ou a filha na escola no dia seguinte, ou evitavam um happy hour, porque tinham que buscá-lo, buscá-la. Por que não contratavam uma van? Até eu passar a ir embora cedo e evitar happy hours, para levar e buscar meu filho na escola. Não por obrigação, eu adorava aquela loucura controlada que é a infância, o caos de cores berrantes, em que se encontram pessoinhas vestidas de bichos, listinhas, heróis, sapatos coloridos que piscam, risonhas, com chapéus malucos, frases malucas, que falam o que pensam, sem nenhuma maldade, num mundo cheio delas. No fundo, entrar numa escola infantil é ser contaminado por aquela alegria, entrar naquela bolha de amor, um oásis na neurose urbana, em que tudo é brincadeira, as luzes brilham mais, a felicidade é suprema.

— Descobri que não existe futuro, porque assim que a gente está nele, vira passado um segundo depois.

A mãe ficou famosa com a saga espacial literária, Livro 1, Livro 2, Livro 3, em que Zeus era uma espécie de faraó de um império do planeta Tínia. Afrodite, Atena, Apolo, Dioniso, Perseu, Héracles, Hera, Hefesto existiram e viviam em palácios. Escrevia o Livro 4. Prometeu que roubaria o segredo do fogo e entregaria aos mortais, nós. Fica-se subentendido que, quando deuses são banidos, vêm parar na Terra. Parece loucura, mas a saga virou best-seller e foi negociada para a HBO.

Toda semana, ela viaja para lançar traduções de seus livros, participar de feiras internacionais. Fiquei com a missão de cuidar do filho, levar e buscar na escola. Filhos e filhas amam que os busquemos na escola, correm para nos abraçar, pulam em cima, vêm conversar, tropeçam, choram e riem, não guardam rancor, não têm preconceitos, não odeiam, fazem perguntas, usam uma lógica ainda livre da intolerância. Paternidade ativa é a expressão que deram. Elogia-se aquele que pratica a ação denominada paternidade ativa. Que tipo não participa? E, assim, virei outro homem.

René Girard não voltou a Avignon. Morreu em Stanford, deixando mulher e três filhos. Muitas de suas ideias se espalham por este relato. Não procurei Bibi. Lívia? Nunca mais ouvi falar. Amores ficam para trás, e na memória não são corrigidos. Existem mal-entendidos, que para outros são muito bem entendidos, existe desamor, que para outros nem amor foi, existem a mulher de antes e a de agora, o cara do passado e o de hoje. Somos outros com o tempo, evoluímos e regredimos, regredimos e evoluímos. Não existe nada mais lindo do que amar e ser amado. E não existe nada mais difícil. Ele não é fiel nas lembranças, no passado e no presente. Ele se modifica. Sofre mutações, como um vírus. Pode ser assintomático, pode adoecer, pode trazer sequelas, pode matar. Quem ama e se recupera é um sobrevivente. Não existe vacina.

Abraços. Se cuide.

ESTA OBRA FOI COMPOSTA PELA ABREU'S SYSTEM EM ADOBE GARAMOND
E IMPRESSA EM OFSETE PELA GEOGRÁFICA SOBRE PAPEL PÓLEN SOFT DA
SUZANO S.A. PARA A EDITORA SCHWARCZ EM AGOSTO DE 2022

A marca FSC® é a garantia de que a madeira utilizada na fabricação do papel deste livro provém de florestas que foram gerenciadas de maneira ambientalmente correta, socialmente justa e economicamente viável, além de outras fontes de origem controlada.